Rien n'est noir

DU MÊME AUTEUR

Mikado, *Léo Scheer*, 2011
L'Orchestre vide, *Léo Scheer*, 2012
La Lutte des classes. Pourquoi j'ai démissionné de
   l'Éducation nationale, *Léo Scheer*, 2012
Enfants perdus. Enquête à la brigade des mineurs,
   Plein Jour, 2014
Bellevue, *Stock*, 2016
Diabolo Latex *(nouvelle)*, *Louison éditions*, 2017
Gabriële, *avec Anne Berest, Stock*, 2017
Une dernière sueur *(nouvelle pour l'Opéra de Paris)*,
   2018

Claire Berest

Rien n'est noir

roman

Stock

Tableau de couverture : © *Frida, kiss me hard*
de David Simonetta

Conception graphique jaquette : © Diptic Design Agency

ISBN 978-2-234-08618-0

© Éditions Stock, 2019

Pour Albéric, mi cielo, mi vida
Et pour Frida de Gayardon, évidemment

J'aimerais te peindre,
mais je manque de couleurs
– tant il y en a ! – dans ma confusion.
La forme concrète de mon grand amour.

Frida Kahlo, *Écrit pour Diego Rivera*, 1953

La littérature est horrible pour représenter
et donner le volume des bruits intérieurs,
aussi ce n'est pas ma faute si,
au lieu de faire le bruit d'un cœur,
je fais le bruit d'une horloge cassée.

Frida Kahlo, *Lettre à Ella Wolfe*, 1938

I

Mexico, 1928

Bleu

Électricité et pureté. Amour. Distance. La tendresse elle aussi peut-être de ce bleu-là.

Journal de Frida Kahlo

Bleu de cobalt

Elle ne voit que lui, sans même avoir à le regarder.
Il est sans cesse à s'ébattre quelque part dans l'angle presque mort du regard. À la lisière de l'œil, là où l'on devine plus qu'on ne saisit. Une forme spectaculaire, mi-pachyderme mi-pieuvre aux tentacules envoûtants qui contamine tout l'espace où sa masse se déploie. Un trophée de cirque que chaque femme voudrait s'épingler au corsage – s'empaler au corps sage. Cet homme quintal à l'agilité contre nature, dont les excédents de chair rose ne viennent que renforcer une improbable souplesse et une rapidité de trique sèche, soulève, chez chacune, un goût immédiat et inexpugnable d'interdit. Sans que celles-ci puissent se l'avouer, comme un parfum capiteux étourdit les têtes dans son sillage, Diego Rivera ravit le sexe faible en magnétiseur, déchaînant tombées de pudeur,

épanouissements de poitrine et instinct primitif de possession.

À son contact, la fête monte d'une octave, les insolences se réveillent, les grains de beauté brillent, les intrépidités endormies s'échauffent. Ça grésille. Sa seule présence annule l'érotisme flottant des beaux parleurs et des corps bien bâtis. Il capte et captive. Frida, en le fixant, songe à ces points lumineux, agaçants clignotements qui persistent à s'agiter devant l'œil, même paupières closes, quand des lumières agressives ont tant impressionné la rétine qu'elles perpétuent leur présence fantôme, à l'intérieur des yeux cillés. Par quelle grâce l'aura du monstre suscite-t-elle ces poudroiements aphrodisiaques ? Parce qu'il est laid, Diego, d'une laideur franche et amusée d'elle-même. Une laideur gustative qui ouvre l'appétit ; on a envie de mordre ce gros ventre, d'en avoir la gorge pleine, les dents sales, de lécher les doigts puissants, de passer la langue sur ses yeux trop prononcés, trop éloignés, sans couleur claire.

Elle s'arrache à la contemplation du peintre le plus connu du Mexique pour balader ses yeux sur le reste de l'assemblée, informe et entêtante masse de possibles. Rien ne ressemble plus à une soirée qu'une autre soirée, non ? pense-t-elle. C'est le même fugace rideau tiré sur les devoirs diurnes, on gueule plus fort, on respire plus bas, on boit encore et plus vite, le rire s'accélère et tombe de la bouche pour plonger vers celle qui passe à portée et qu'on embrasse, mais les soirées de Tina Modotti ont ce charme ambigu de ne jamais se ressembler. Elles promettent de tels dérapages que Frida aime s'y couler en observatrice invisible.

Frida Kahlo se déplace d'une pièce à l'autre pour changer de perspective et mieux étreindre le paysage lunatique des passions ivres qui s'y dégoisent. Elle scrute les hommes déguisés en seigneurs de la vieille Espagne, dont chaque bouton brille, chevelure virile, soumise mèche à mèche, coutures alignées, leur élégant maintien n'appelant qu'à être dérangé ; et ces beaux poètes très propres côtoient d'autres *hombres* aux chemises froissées, propriétaires d'un pantalon unique enfilé, chaque matin de la semaine, sur un caleçon devenu gris, ceux qui possèdent peu parce qu'ils travaillent avec leurs mains, mais tous sentent la même impeccable sueur à son nez, tous ces hommes en un même tableau, parce que Frida les voit nus, elle efface d'un clignement de cils leurs poses fières, leurs attitudes et leurs accessoires. Ils ne dessinent dans sa tête que les muscles bandés, les tendons, les torses aux poils noirs, les pieds tendres et trop grands des hommes jeunes. Les femmes ici, chez Tina, sont leurs égales, tout aussi altières, et accrêtées du même sang bouillonnant ; libres elles aussi. Les cousettes de rien, qui sont venues boire le coup, parlent à la même hauteur que celles nées les robes ajustées sur la chute de reins ; les classes en lutte se réconcilient le temps d'une cuite. Tina Modotti est une aventurière. Photographe italienne aux amours pléthoriques, activiste politique, elle arbore le visage détendu des femmes dont la beauté n'est qu'un détail inattendu à côté de leur intelligence et savoir-faire. Savoir exister. C'est son ami, Germán de Campo, qui a introduit Frida dans le milieu artistique et communiste (pléonasme), quand elle s'est enfin libérée de son corset médical qui la maintenait, depuis de longs mois, attachée à son lit, et que Frida a pu reprendre une vie, si ce n'est normale, mais au moins une vie. Elle a alors rencontré Tina Modotti au PCM, le Parti communiste mexicain, où Frida venait de s'encarter. Elles se sont apprivoisées à la première accolade, adorées à la deuxième. Frida aime son nez italien, son buste sculptural et ses chignons qu'elle défait, volage, au rythme bavard de son débit staccato. Frida aime comment Tina, l'étrangère, photographie les femmes mexicaines de dos, les rues de face et les fleurs sans tige, Frida aime la façon dont Tina aime le Mexique.

Frida reste en retrait, parce que son corps n'est pas vraiment rétabli de l'Accident. Certes il surchauffe, ce corps, autant qu'une plaque de tôle en plein soleil, ça flambe, il se braise d'alcool limpide, d'aubades de *guitarrones* et de trompettes intransigeantes, d'une soif de s'envoyer là-haut, là d'où l'on ne revient pas intacte, mais ses jambes ne la portent qu'à peine. Frida doit se réapprendre, chaque geste engage des conséquences inconnues et terrifiantes, les douleurs tapies sont prêtes à mordre, ça fait froid d'avoir peur, elle qui n'était que courses.

Courses à vive allure dans les couloirs de l'école, à saute-mouton au-dessus des murets de son quartier, dans les coulisses des classes aux professeurs trop sérieux, courses encore s'il faut monter à une tribune ou grimper à un arbre, courses dans les rues de Mexico pour ne rater aucun des rendez-vous qui changent votre journée ou votre vie entière, courses à perdre sa tête de sauterelle insensée, Frida insatiable et boute-le-feu, qui ne jouait qu'aux jeux des garçons depuis l'enfance, ne manquant aucun défi impérieux où l'on s'égratigne les genoux, s'ébroue les sens, et se griffe le visage.

Les jambes de Frida, qui gardent, comme une démangeaison, la mémoire de l'audace passée et l'infaillible témérité d'hier, sont aujourd'hui bois mort, rouillées à vingt ans depuis l'Accident, diable de corps rendu schizophrène, alors Frida admire Germán ou Tina danser à la diable, frénétiques et débridés, et c'est un peu elle qui danse avec eux quand Tina soulève haut la jupe, excitant des sueurs aux entrejambes et aux fronts, tout en reservant, sereine et allègre, la tequila à son amant cubain Antonio Mella.

Superbe Mella au visage de statue grecque, qu'on croquerait bien en deux bouchées sans faire le tri entre la tête, le corps et les discours.

Le phonographe s'égosille, la bohème ne cesse de débarquer comme des fourmis noires à l'assaut d'une coulée de miel. Tout est gai, tout est politique, tout est tragique. Ça fusille les pudeurs et les tabous. Et après ces longs mois où elle fut couchée de force, les bringues de Tina sont pour Frida le meilleur moyen de se remettre à marcher. Elle qui, à vingt ans se sent vieillie, voudrait respirer à nouveau sa jeunesse, retendre le fil doré de son ancien tumulte, qui ne la faisait jamais se déplacer autrement qu'en une traînée de feux follets, alors au moins ces conversations bruyantes et ces badinages décrassent sa tête, la musique la transperce, vrille ses artères, elle ne peut pas se déchaîner, pas encore, espère-t-elle, mais ça reviendra, cela revient déjà, elle chante tout de même en agrippant n'importe quel camarade par la nuque, parce qu'ils sont *tous* ses camarades, elle passe de gorge en gosier, attrempée par le mezcal, dont chaque goutte renverse le réel. Frida sait encore boire, elle boit solide sur ses jambes de papier mâché. Elle sait qu'elle ne vivra plus jamais ce sentiment d'avoir vingt ans, ce vertige furieux du corps qui s'adjuge à jamais la jeunesse, mais voilà Tina qui arrive et, en se déhanchant, déesse aux cheveux furieux, se penche à son oreille.

Elle la cherchait partout – Je te cherchais partout, Frida, il y a Diego Rivera qui fait le spectacle à côté, il faut que je te le présente. Il a dix femmes accrochées à ses lèvres et à sa chemise. Tina veut lui présenter Diego Rivera, qui est là ce soir. Frida feint la surprise – Ah oui, non, je ne l'avais pas vu. Tina la prend par l'épaule et l'entraîne à la quête du *monstruo*. Enfin. Les deux femmes jouent des coudes pour se frayer un chemin dans la bacchanale, Frida se redresse sans y penser, se déploie, comme on se ragaillardit au sortir d'une attente, au fond elle n'est venue presque que pour cela, rencontrer Rivera.

Quand soudain un bruit de pétard éclate. Des cris s'élèvent, aigus des femmes, table qui craque, ça court et ça chahute. Tina lâche Frida et son dessein d'entremetteuse, c'est la guerre dans le patio. Des rires vibrent, malgré la casse, les chants tonitruent et les hommes grisés se ruent à l'extérieur bouteilles à la main, à l'assaut d'autres tocades nocturnes. Et les femmes suivent. Ou les devancent. Parce que les fêtes ne se terminent pas, elles se déplacent.

Ici, tout est sens dessus dessous, car cet imbécile de Diego Rivera a sorti son pistolet et tiré sur le phonographe, comprend Frida Kahlo, tout sourires, en allumant délicatement une énième cigarette.

Elle inhale et recrache cette fumée-là. En esthète.

En suspension.

Rivera en déguerpissant a oublié une veste, dont le revers des manches découvre la couleur de la doublure intérieure, un bleu presque violet, un bleu de cobalt. Frida, dans ce salon laissé vide, passe la veste sur ses épaules, elle disparaît dedans tant elle est grande, et Frida porte à son visage les larges manches qui lui mangent les bras, ça sent le cuir et la tubéreuse, elle hume abondamment l'odeur du peintre, elle renifle ses vestiges. C'est parfait le bleu de cobalt, il paraît qu'il n'y a rien de plus beau pour installer une atmosphère.

Partie remise, Diego, j'ai tout mon temps. C'est ce que la prison du corset m'a appris, le temps.

Bleu d'acier

Bleu pénétrant qui s'échappe vers la nuit

Ils font l'amour. Ça veut dire quoi ? Frida s'est déshabillée, elle-même et très vite, jupe jetée au sol, abandonnée sans égard, chemise déboutonnée, bouton, bouton, bouton, ça coule, corps nu, culotte glissée, douce, elle porte son corps haut, sans timidité, sans vertu affectée, elle a apprivoisé le corps très tôt au travers de ses trahisons : trop maigre, hanches étroites, jambe cramée par la polio, la fille qui boite, Frida-jambe-de-bois, un capital de chair bien mince, qu'elle a observé en tous sens et en toute impartialité, les creux, les bosses, voilà les cartes, c'est pas la gloire, pas de second tirage.

Diego prend d'abord comme un ogre, il te tombe dessus sans embarras, gourmand, lourd de salive et de dents, il donne l'impression de ne rien voir, de goûter sans les yeux, tout entier truffe qui fourrage, il cherche et s'approprie les odeurs, les déclinaisons de couleur de peau, empressé et joyeux, il n'est plus que mains déliées et mordantes, un premier tour de piste en propriétaire au bec fin, lui encore habillé. Elle le déshabille, fait coulisser la ceinture pour délivrer les larges vêtements informes, cherchant un chemin dans l'abondance, se dépêtrant des grosses chaussures noires qu'il faut tirer sec, lui laissant sur le crâne son stetson, désentraver ce corps de Diego, connu jusqu'en Europe, totem fabuleux, qui a deux fois son âge et dix vies d'avance sur elle, elle prend le dessus, aucun des deux ne rit, trop troublés par l'urgence, elle se perche en amazone, embrasse ses seins d'homme, consciente du carnaval de fesses et de femmes passées avant elle, expertes, vertueuses ou dépravées, qui ont fait les mêmes gestes sans faire les mêmes. Le sexe est toujours une première fois. Et à dada sur la montagne magique, Diego soudain si léger et habile, maître de la possession, sûr de son droit, manœuvrier idéal, enfant glouton, il s'approprie l'intérieur, lèche-vitrines, bouton d'art, pilon jouissant, en expert, des clavicules perlées, la toute petite femme jamais en reste, tout en tonnerre, chiot qui aboie, s'insinue de toutes parts dans la machinerie, ils font l'amour, ça veut dire quoi ?

Et puis c'est fini, tension relâchée, on essuie les taches ou non, c'est doux, il n'y a pas de lumière, ils n'ont pas allumé quand ils se sont lancés à l'assaut l'un de l'autre, pour cette première fois tous les deux, faire l'amour pour la première fois ensemble, comme on ouvre l'inaugurale bouteille d'une fête, avec une once de cérémonie, mais surtout beaucoup d'ardeur, parce que cette fête était tant désirée, et Diego sans la regarder demande à Frida – Mais qu'est-ce que c'est, bon dieu, que toutes ces cicatrices ?

Elle sait tout de lui, de sa mythologie, et lui ne connaît rien d'elle, elle n'est personne. Il est le plus grand peintre du Mexique, elle est une métisse de Coyoacán qui a vingt ans de moins et une colonne brisée en sus. Alors elle lui raconte. Elle répond à sa question.

C'était il y a plus de deux ans. Elle était avec Alejandro, son amour, son *novio*, ils s'étaient promenés toute la journée dans Mexico au lieu d'aller étudier, désinvoltes, légers et un peu bandits, sans but véritable, c'était une journée de septembre, quand l'été s'étiole, et que les odeurs du temps s'alourdissent. Elle avait acheté des babioles, poupées miniatures et bracelets, elle ne peut pas s'en empêcher, un regard sur un objet sans valeur le transforme en talisman indispensable, colifichets sacrés qu'elle collectionne,

Alejandro, bien qu'un peu irrité de ces fétichismes d'enfant-sorcière, s'en attendrit, elle raconte.

Elle raconte tout bas à Diego dans le noir. À présent, ils sont au frais de leurs sueurs calmées, leurs corps à touche-touche, odorants et badins.

Alejandro et Frida sont montés dans le bus pour rentrer à la maison. Une fois assise, elle prend conscience qu'elle n'a plus son ombrelle, elle s'agite, Alejandro est mis à contribution – Mais où est l'ombrelle ?! Je l'avais tout à l'heure quand on a longé le marché. – Tant pis, Frida, ce n'est qu'une ombrelle. Non pas tant pis, Frida a peur de perdre les objets qui lui appartiennent car ils la rassurent, prolongements d'elle-même, elle oblige Alejandro à descendre du bus et ils se retrouvent sur le trottoir. – Où veux-tu chercher ? admoneste Alejandro, il lui en offrira une autre, une plus belle, il convainc Frida et l'entraîne pour monter derechef dans le bus suivant, Frida a déjà oublié son ombrelle, les objets n'ont pas de valeur autre que leur histoire et l'histoire s'écrit *sobre la marcha*, la nouvelle ombrelle promise sera augmentée de cette mésaventure, ils sont assis, serrés l'un contre l'autre, au fond du bus qui est bondé, Frida collée contre le corps d'Alejandro qu'elle connaît par cœur, comme elle est collée, ce soir, à celui, inédit, de Rivera quand elle raconte. Le bus est tout neuf, sa peinture est flambante et les sièges, des bancs sans usure, Frida le note, elle remarque aussi une femme dont l'enfant chahute, il a des yeux extraordinaires, d'un bleu d'acier, la mère a des cheveux ceints en chignon bas et lourd et son fils tire sur une mèche, taquin tyran, la mère fatiguée sourit, Frida songe qu'elle devrait lui céder la place car la femme est debout, puis son regard est attiré par les outils d'un homme de dos, en salopette diaprée de peinture fauve, un peintre en bâtiment sûrement, alors elle voit. Le tramway. Un tramway en face d'elle, sur le flanc droit du bus, elle rigole car elle a l'impression qu'il se dirige droit sur eux, le genre de rire nerveux qui accompagne le surgissement de l'insolite, une illusion d'optique qui nous fait jouer à avoir peur, elle s'exclame, mais c'est peut-être dans sa tête – Regarde, Alejandro, le tramway ! Elle pense : Ça passe. Si, ça passe ! Il semble nous foncer dessus, mais ça va passer. Elle voit arriver le chaos, elle n'y croit pas parce qu'elle est invincible, elle porte une armure aztèque, elle est un esprit. C'est une blague. Elle regarde Alejandro, il est assis, il serre fort son sac, sans y penser, de la main gauche, le regard flottant tranquille dans la direction opposée. Elle pense au caillou dans la poche ramassé en chemin, il ne peut rien lui arriver. Elle n'a pas peur. Pourquoi n'a-t-elle pas peur ? Toutes ces pensées filent en une seconde. Et Alejandro n'a pas le temps de lui répondre, si tant est qu'elle ait vraiment prononcé cette phrase à voix haute – *Regarde, Alejandro, le tramway*, car le tramway entre littéralement dans le bus, la collision se fait très calmement pour elle, tout en silence et ralenti, le tramway entre dans le bus comme dans un rêve, sans faire de bruit. Le bus ploie, véritable élastique, qui accompagne docilement la déformation grotesque que ce tramway, entêté, inflige au bus rutilant en voulant passer au travers, le bus qui se tord de plus en plus, en fer à cheval, le bus qui se plie, comme un corps de madone violée sous les assauts d'un terrifiant butor, Frida sent à ses genoux un contact rassurant, mais illogique : ce sont les genoux de son voisin d'en face, qui la touchent maintenant dans ce bus courbé en deux, les yeux arrondis d'étonnement et tout éclate.

Diego ne dit pas un mot, il écoute Frida, un bras passé sur sa poitrine, se lovant dans son récit, ne bougeant pas un muscle à l'exception d'un doigt qui caresse le creux de l'aisselle de Frida, sans y penser, car l'endroit est très tendre et le besoin d'un effleurement, si ténu soit-il, nécessaire.

– Nous étions exactement à l'angle de Cuahutemozin et Calzada de Tlalpan.

Et tout éclate.

Elle ne sait pas si elle a perdu connaissance, elle a l'impression d'avoir toujours gardé les yeux ouverts et la conscience alertée, elle s'est demandé où étaient ses affaires, c'est ce dont elle se souvient, avec netteté, de s'alarmer pour ses affaires, son sac posé sur les genoux d'Alejandro, assis près d'elle sur la banquette du bus qui, manifestement, n'existait plus. Ni Alejandro, ni le sac, ni le bus n'existaient plus, et dans le sac évaporé il y avait un petit instrument en bois, un bilboquet bleu, qui faisait une musique de roulement à billes quand on l'agitait, très charmant, qu'elle venait d'acheter. Où est-il ce sac ? Et où est Alex ? Et elle ? Est-elle assise, allongée, debout ? Elle a perdu la boussole de son corps. Elle perçoit une agitation soulevée en vagues riveraines, puis des cris et des pleurs déchirants explosent, comme une sourdine, ôtée brusquement d'un piston, ferait tonitruer méchamment une clameur restée lointaine jusque-là. Elle n'a pas mal, alors, elle est égarée. Elle voit enfin Alejandro, le visage noirci, qui se penche et semble vouloir la prendre dans ses bras. On dirait un ange sali. Quand un homme s'adresse à son *novio* et lui dit, d'un ton impératif, qu'il faut le *retirer*. Retirer quoi ? a-t-elle pensé. Alejandro blanchit et tient Frida pendant que l'homme d'un geste sans appel pose un genou sur ses jambes pour la maintenir. Me maintenir pourquoi ? s'est-elle demandé de façon fugitive. L'homme a crié soudain – On y va ! Et il a tiré de toutes ses forces sur un morceau de rampe de fer, qui dépassait. Frida est sortie du flou en une fulgurante douleur de déchirement d'entrailles. Un feu carnassier qui rend obsolète l'idée même de douleur.

C'est d'elle-même que la tige dépassait. La rampe traversait son buste de part en part.

Elle montre le geste à Diego comme on sort une épée d'un fourreau, en un mouvement brutal et viril, et Diego garde le silence.

– Et ce qui est absurde c'est que j'étais, contre toute logique, descendue du bus précédent. Diego. J'étais descendue pour une ombrelle perdue.

Alejandro lui a dit, plus tard, qu'en la cherchant partout dans les décombres, il avait entendu un cri irréel – Danseuse ! La danseuse ! Regardez, là ! Des passants témoins de l'accident pointaient du doigt une femme entièrement nue, comme effanée par le formidable choc, gisant au milieu des débris, couverte de sang frais comme d'une robe trop rouge et empailletée de poussière d'or.

– C'était moi, la danseuse, Diego. J'étais le spectacle. Les gens me regardaient. Le peintre en bâtiment qui était avec moi dans le bus, avec sa salopette tachetée, avait parmi ses outils un pot de peinture d'or, qui s'est répandu au moment du choc. Sur moi. La danseuse, la *bailarina*, c'était ce qu'il restait de moi. Je ne sais même pas si le peintre est encore vivant. On m'a raconté que sa peinture m'avait recouverte et que j'étais toute nue. Je ne sais pas non plus ce qui est arrivé à l'enfant aux yeux si bleus.

Elle récite son poète préféré – *N'étais-je pas seul ? non, voici que m'entoure une troupe. À ma droite les uns, d'autres derrière, puis on me prend les bras, le cou. C'est une foule de plus en plus dense, moi au milieu d'eux les esprits de mes amis vivants ou morts.*

Diego reconnaît Walt Whitman et serre l'étreinte, il voudrait lui dire que ce qu'elle raconte est si horrible que c'est très joli, il embrasse le dos, il embrasse les traces.

– Tout est cassé dedans, mais ça ne se voit pas, non ? lui demande Frida.

Si, ça se voit pense-t-il, ça se voit parce que la force déployée qu'elle met dans chacun de ses mouvements le révèle, parce qu'on n'est pas si obstinée de vivre sans cacher des terreurs, ça se voit, Frida. Alors il dit simplement

– Je te vois, Frida.

Bleu roi

Bleu flambant tiré de la teinture de guesde

Le grand peintre du Mexique – *el gran pintor* –, elle est allée le trouver toute seule, elle savait où le dénicher. Elle attendait cette confrontation avec Rivera depuis toujours et il ne l'impressionnait pas. Parce que personne n'impressionne Frida.
Elle avait déjà rencontré le charmant Orozco – ils prennent le même bus entre Coyoacán et Mexico, et elle a croisé, chez Tina, Siqueiros, qu'elle a trouvé sombre.
Rivera, Orozco et Siqueiros : la sainte trinité des muralistes – lequel est le Saint-Esprit ? Ils sont les rois du peuple, parce qu'ils ont sorti la peinture des salons bourgeois, retrouvé l'âme de la couleur et de la démesure, en faisant le deuil des perspectives. Dans leurs fresques, les

hommes et femmes se dressent à trois mètres de hauteur, si frais et conscients, et tendent une main franche à la foule. Quand le philosophe Vasconcelos est devenu ministre de l'Éducation en 1920, il s'est engagé à mettre les livres entre les mains de tous et l'art sur les murs publics. Et ce fut fait. La peinture n'est plus un capital pour initiés. Pour l'heure. La peinture est devenue monumentale, accessible et édifiante, elle donne aux analphabètes le droit de lire leur histoire nationale, aux pauvres, le droit de vibrer gratis, à tous, leurs racines indiennes sublimées.

Frida savait où le dénicher car Diego peignait, depuis des mois, les façades du ministère de l'Éducation publique. Quand Rivera s'attaque à un nouveau *mural*, tout Mexico est au courant, la nouvelle traverse les veines de la ville et baigne les discussions ; c'est une distraction populaire, comme le marché ou les guitares des mariachis, les gens font le détour, s'assoient un moment pour regarder le maître appliquer ses couleurs. Spectacle offert.

Frida l'avait déjà vu peindre. Elle l'a même observé travailler, pendant de longues heures, sans qu'il s'en aperçoive, quand elle était étudiante. Elle allait le scruter en cachette, car Rivera créait une fresque sur les murs de l'amphithéâtre Bolívar de son école de la *preparatoria*. C'était le premier *mural* de Diego

Rivera à Mexico depuis son retour de Paris, où il avait passé dix ans en compagnie de toute la bohème européenne, de Fujita à Picasso, de bar en bistro. Cette fresque, *La Création*, portait des influences de la peinture italienne, que Rivera avait admirée lors de ses voyages à Assise et Padoue. Il n'avait pas encore tout à fait trouvé sa future signature de muraliste.

Frida l'épiait à l'ombre des coursives, ses copains se moquaient gentiment de son obsession. Pourquoi retourner le voir peindre tous les jours ? Alors Frida répondait, très sérieusement – Un jour j'aurai un enfant avec Diego Rivera, il faut bien que je l'observe un peu au préalable, non ?

Quand elle était étudiante, avant.
Avant, c'est avant l'Accident.

Quand elle fut admise à l'École nationale préparatoire – que les initiés surnomment *la Prepa* –, le monde libre s'agenouillait devant elle. Frida avait quinze ans – c'était trois ans avant son accident. Elle avait été acceptée pour faire sa rentrée dans cette École fameuse, immense bâtisse rouge de style colonial proche de l'effervescence du Zócalo avec sa cathédrale, si belle et bancale, et son écrasant Palais national. La cathédrale du Zócalo. Une vision divine avec son charivari de décorations baroques comme autant de boucles de dentelles, même pour une athée revendiquée. On raconte qu'elle a été construite avec les pierres arrachées au *Templo Mayor*, la grande pyramide aztèque qui se dressait jadis à son emplacement. Et oui, elle est bancale cette cathédrale, elle penche nettement sur sa gauche. Quand Frida le fit remarquer à un de ses professeurs, il lui répondit que la ville de Mexico – Tenochtitlan pour les Aztèques – fut bâtie sur un ancien lac. La cathédrale étant très lourde, les terrains meubles s'étaient compactés de manière inégale. La Majestueuse s'était mise à pencher. Puis le professeur en baissant la voix lui raconta une variante de cette explication : que les pierres volées à la pyramide du *Templo Mayor* portaient en elles-mêmes la mémoire d'effets analogues, puisque, somme toute, le temple avait été construit sur ce lac, avant la cathédrale, et qu'en réutilisant ces pierres, les ouvriers s'étaient attiré la malédiction. Elles avaient gardé la trace de leur histoire.

Frida aime bien l'idée que les pierres aient une mémoire.

La *Prepa* venait tout juste de s'ouvrir à la mixité, prise dans le souffle des réformes de Vasconcelos. Elle accueillait pour la première fois en son sein une petite poignée d'élues, à jupette. Une trentaine de filles qui, s'insinuant mine de rien mais audace toute parmi la masse virile des deux mille jeunes gens, allaient provoquer quelques fièvres. De même qu'il suffit d'une goutte de blanc, dans n'importe quelle couleur, pour changer la teinte irrémédiablement, glisser quelques filles dans un collège plein de garçons change la donne pour toujours. Frida était une pionnière. Passionnée d'anatomie et de biologie, que lui enseignait son père depuis l'enfance, elle s'imaginait devenir médecin.

La *Prepa* était loin de son quartier, Frida pouvait enfin prendre seule le tramway pour la ville et laisser derrière elle Coyoacán, faubourg de Mexico, *Coyo* son *village tout-puissant* et ses pâturages à perte de vue, sa *pulquería* – là où les hommes boivent le *pulque* jusqu'à entonner les chants guerriers –, ses Indiens, ses fleurs, ses chemins de terre et de galets, les arbres de *vivero*, les cactées vert bouteille, fiers *nopales*, ses maisons, ses cahutes, ses messes farcies de dorures et d'épines, ses ruelles cent fois parcourues, ses tantes, et ses cinq sœurs.

Et même *son ciel si pur de nuit*.

Frida pouvait laisser, derrière elle, les quatre murs de la maison parentale, connus dans ses moindres recoins secrets, comme on connaît à l'aveugle son berceau ou sa cage.

Enfin laisser derrière le père Guillermo Kahlo, photographe taciturne. Et la mère Matilde Calderón, ombrageuse grenouille de bénitier.

La *Prepa*, Frida ambitionnait, d'abord, d'y mettre le feu à force d'extravagances, d'en savonner les estrades, d'agacer la patience des culs serrés, comme on fait pétarader et brûler les Judas à Pâques. À quinze ans, elle avait surtout des fourmillements dans les mains, dans la tête, des idées d'insurrection, et sous les paupières, des images d'extase à venir. Qu'allait-elle en faire de ce corps insolent ? Ces seins qui prenaient des devants bravaches, sans consigne préalable, les hanches qui dessinaient une clef de voûte et les pieds qui ne demandaient qu'à déguerpir ?

Un corps immortel de jeune soleil.

Elle avait décidé qu'on l'attendait au carrefour, et que rien de cette vie ne devait être pris ni au sérieux, ni trop à l'amer. Et ça débordait, bordel, comme les jurons salés qu'elle perfectionnait avec ferveur en écoutant baragouiner les gamins des rues et les hommes imbibés, qui commandaient la prochaine tournée à la santé de leurs morts.

Avec ou sans la permission de tous les papes, elle avait pris son aller simple pour la *vida*.

Mexico était à elle. Elle ne peignait pas alors, elle n'y avait pas même pensé.
C'était avant l'Accident.

Frida n'est pas retournée à la *Prepa*, en sortant de son corset. Comment peut-on encore vouloir devenir médecin quand on moisit sur un lit d'hôpital ?

Frida a vingt et un ans, elle est belle et bancale comme la cathédrale du Zócalo, elle est parvenue en boitant au ministère de l'Éducation publique. Elle a pénétré dans l'enfilade de cours carrées, agrémentées de jardins intérieurs et de coursives sculptées, elle n'avait qu'à suivre l'effervescence des travailleurs et artisans, l'odeur de plâtre frais et d'essences de peinture, pour trouver ce qu'elle cherchait.

– *Señor* Rivera !

L'homme, concentré sur sa tâche, ne l'entendait pas. Il travaillait, tout là-haut, couvrant délicatement de bleu le vêtement d'un squelette, perdu dans la mascarade d'une scène de fête des Morts. Un bleu roi. Le chantier était extraordinaire, le peintre avait déjà peint plus de mille mètres carrés de murs. Époustouflant. Elle avait enfin à sa portée l'homme le plus connu de son époque, le *Lénine du Mexique*.

Elle affermit sa voix.

— Camarade Rivera !

Le maître perché, à deux mètres de hauteur, sur son échafaudage a fini par se retourner à l'appel de son nom, et se pencher.

Elle attendait cette confrontation depuis toujours et il ne l'impressionnait pas.

Bleu outremer

Bleu chaud voguant vers le violet

Colonne vertébrale fracturée en trois endroits.
Clavicule cassée.
Troisième et quatrième côtes cassées.
Jambe droite fracturée en onze endroits.
Pied droit broyé.
Épaule gauche démise.
Bassin fracturé en trois endroits.
Abdomen transpercé du côté gauche jusqu'au vagin – la barre de fer.
Pas mal, non ?
Quand elle s'est réveillée à l'hôpital, elle a eu comme premier réflexe de regarder tout autour. Tunnel de gris dans la tête, plus de contours de dates, repères faussés, souvenirs pleins de trous, mangés aux mites. Lit inconnu, draps étrangers, plafond bas, d'autres lits, pas de porte, pas

de ciel. Regarder alentour, c'était prendre conscience, comme on prend une gifle, d'un champ désormais restreint de ses perspectives. Elle cherchait à rencontrer ce qu'elle reconnaissait d'avant, avant l'Accident, à discerner ses bras, ses jambes, ses pieds et, comme rien n'existait plus comme avant, elle prit conscience de son réflexe. Vouloir voir. Débusquer quelque chose de connu, de familier.

Frida veut revoir le matin dans la maison familiale, saturé d'odeurs de café à la cannelle, du savon à raser de son père et d'empressement, parce qu'il ne faut pas rater le bus, elle veut *voir* la présence poudrée de sa mère, qui déambule de pièce en pièce, déjà emportée dans la frénésie d'une douzaine de tâches minuscules, déjà butée, le sourire mort de trop d'hommes sur son dos depuis la naissance, sa mère si belle sur ses rares photos de jeune fille, les joies chipées au vol, où est-elle cette moue maternelle pincée, qui lui rappelait que tout est bien dans l'ordre des choses ? Elle veut voir l'impétuosité de Cristina, sa sœur préférée, déjà alerte, occupée *des choses des femmes* dès potron-minct, *las cosas de las mujeres*, comme le furent avant elle toutes ses sœurs identiques, mais avec un sourire désarmant porté en toutes circonstances sur son visage aux démentiels yeux verts, outremer,

Frida veut voir enfin ses propres jambes qui basculaient *rápido* par-dessus le rabat du drap froissé, pour chuter, chaque matin, sur le sol de sa chambre.

Elle a dix-huit ans. Il n'y a plus de matin. Les médicaments la font halluciner.

Mes jambes, où sont-elles ?

Bleu ciel

Bleu vibrant de lumière, flirtant avec le vert

Alejandro ne vient jamais la voir. Cette douleur-là est la plus tyrannique. La douleur de l'attente. Non, le pire n'est pas d'attendre, c'est de sentir que cette attente se justifie de moins en moins. Elle s'y astreint comme on s'oblige à une saine gymnastique. Pour bien commencer la journée, attendre. Pour bien digérer le peu de nourriture que son corps accepte, attendre. Pour organiser ses heures autour d'une tension qui suscite une promesse. Même le corps immobile. Même quand la journée se résume aux besoins vitaux du nourrisson : manger, dormir, manger, déféquer, dormir. Ne pas bouger. Pour donner une chance à ce corps de se rassembler en un puzzle cohérent et viable. Boucher les

trous. Autonome. Obturer les fuites. Colmater les glissements de terrain. Redresser la carcasse.
Espérer Alejandro, puis envisager une lettre de lui, puis attendre que la nuit tombée entre-temps passe et s'achève, afin de pouvoir recommencer à attendre.
C'est la blessure la plus forte qu'elle ressent. Plus forte que les multiples symptômes criards de son corps ravagé. Quand on a mal partout, on n'a mal nulle part. Ça se neutralise. Les élancements aigus, coups de couteau, de fouet, d'aiguille, sourds, traîtres, fourmillants, s'entremêlent et s'annulent. Son dos, son cou, ses orteils, un pied, une jambe, son sexe. Tout a mal. Tout crie. Chaque morceau d'elle réclame d'être considéré en priorité dans la souffrance, comme une portée d'enfants égocentriques piaille à qui mieux mieux pour voler l'attention de la mère. La débandade a pour effet de dissoudre les plaintes cacophoniques en une seule et même tempête. Les vases communiquent. On a tendance à s'infliger une violence physique pour éloigner les tortures de l'esprit. Boire par exemple. Elle, c'est l'inverse. Le corps est au paroxysme de ce qu'il peut endurer, alors l'esprit prend le relais pour faire diversion, et elle pense à Alejandro, elle est tout Alejandro, elle quémanderait une caresse, juste un regard, une infime pitié, elle voudrait être dans ses bras, sur

son torse, elle voudrait être son cerveau, Alejandro qui ne vient pas, ne vient plus, n'est presque jamais venu. Son *novio* est un prince absent. Elle est abandonnée.

Elle est restée un mois à l'hôpital après l'Accident. Là-bas, c'étaient ses parents qui ne venaient pas la voir. Sous le choc, eux aussi. Immobiles. Sans voix. Sans force. Sans secours pour elle.
À présent, elle est rentrée à la maison, mais toujours en sarcophage, soudée à ce lit à baldaquin, dans cette chambre devenue geôle aux grandes fenêtres. On la sort une fois par jour, comme un petit animal à qui il faut faire prendre l'air pour s'ébrouer. C'est-à-dire qu'on déménage son lit dans le patio intérieur et qu'on l'installe entre les cactus, les bougainvillées et sous le ciel carré. Du patio, le ciel n'est qu'un carré bâtard qui nargue. Elle fait ses besoins dans une bassine et ne peut pas quitter cette planche roide pour aller batifoler, remuer, renifler la terre. Frida, elle regarde le carré du ciel. Comme une grande toile flottante de peinture bleue. Le bleu du ciel, *punto final*.
On la visite. Telle une plante verte que l'on arrose. Les commères du quartier qui ont du temps libre viennent s'enquérir de la *pobre niña*.

Elles l'ont vue grandir, c'est une miraculée, elles vont prier la Vierge de Guadalupe, pour la remercier de sa grâce. Elle feint souvent de dormir, pour éviter les petites conversations qui font le bruit agaçant des castagnettes. Les copains aussi, parfois, viennent jusqu'à elle. Avec des cadeaux et des fleurs. Ceux de sa bande des *Cachuchas* lui ont apporté une poupée. Son clan. Ils ont tant ri ensemble, à saccager les bonnes manières, fomenter des coups pendables aux professeurs ennuyeux, refaire un nouveau monde dans les *cantinas* du Zócalo. La bande des Casquettes, c'est comme ça qu'ils se sont baptisés, car c'est leur signe distinctif : Miguel, qu'elle surnomme Chong Lee parce qu'il aime la poésie chinoise, Agustín, Alfonso, Manuel, José, Chucho (de son vrai prénom Jesús) et Carmen, la seule autre fille.

Mais les copains venaient plus souvent quand elle était à l'hôpital de la Croix-Rouge, qui se trouvait non loin de la *Preparatoria*. C'était plus facile. Coyoacán est un faubourg de Mexico, en dehors du monde. Les visites se raréfient. Elle est reléguée au-delà des lisières, elle n'entend plus les rumeurs de la vie qui s'intensifie là-bas, sans elle. Frida ne peut même pas s'asseoir. C'est son horizon pour le moment, sa conquête personnelle : s'asseoir, redresser ce buste et cesser de regarder cette chambre à l'horizontale. Le monde à plat.

Alejandro est évidemment le chef des Casquettes. Quand elle s'est réveillée après l'Accident, sa première pensée a été pour lui : où était-il, avait-il été blessé ? C'est plus tard qu'elle s'est souvenue d'images du chaos généré par la collision, lui au-dessus d'elle qui la prend dans ses bras. Elle avait tout oublié, torpide, cerveau en déroute. On l'a rassurée : il allait bien, quelques contusions, il était déjà rentré chez lui. Comment peut-on se trouver à la même place dans un bus, serrés l'un contre l'autre, et prendre ce putain de tramway d'une manière si disparate ? a-t-elle pensé, parfois, malveillante. Roue du hasard.

À l'hôpital, sa grande sœur Matita est venue tous les jours. Qu'est-ce qu'elle est drôle, Matita. À gueuler des blagues au milieu du dortoir, sa grosse poitrine réconfortante à portée de tête, son visage en flaques pleines de vent, c'est-à-dire tout brouillé, où rien n'est droit, portant sa laideur comme un bouquet et ses paniers emplis à ras bord de beignets aux courgettes, que Frida ne pouvait pas vraiment manger, mais sentir l'odeur c'est déjà manger le souvenir. La romantique Matita, partie de la maison pour suivre un amoureux, risquant la mise au ban familial. Et qui fut bannie.

À la Croix-Rouge, elle était là, à tricoter à côté du lit de Frida, à lui raconter les potins de la ville, les événements des marchés, les enfants qui s'endorment à la messe. Gardienne au bord du précipice. Ses autres sœurs aussi passaient, Cristina surtout, sa petite sœur presque jumelle, qui restait dormir des nuits entières sur une chaise tirée près du lit.

Mais Matita, prénommée Matilde comme leur mère, a veillé en flux tendu et enveloppant, le jour et la nuit, elle qui n'avait plus de famille. On ne peut deviner à l'avance celui ou celle qui va vous attraper par la main quand tout dévisse.

Écrire une lettre est un exploit. Ça fait mal partout, surtout à la main, mais ça occupe la tête, elle écrit à Alejandro, lettre sur lettre, suppliques. Où est-il le gentil *novio* ? Pourquoi n'est-il pas au chevet de sa femme fatale, sa *novia* en bouillie, la fiancée hachée menu ? Frida pense : Jaune jaune jaune. Chaque couleur est un sentiment qui la recouvre. Le jaune, c'est mauvais signe. Elle lit aussi un peu, Walt Whitman beaucoup, elle le connaît par cœur.
– *Et puis, dites-moi, c'est quoi un homme ? c'est quoi, moi ? quoi, vous ?*

Quand elle est trop fatiguée, elle demande à Matita de lui faire la lecture. Sa sœur s'exécute en lui disant qu'elle n'y comprend rien, à ce grand fatras. Frida lui dit – Je sais, moi non plus, mais parfois oui, alors continue.

Et Matita continue de lire pour sa toute petite sœur cassée en milliers de morceaux.

Bleu égyptien

Turquoise, hypnotique et durable

Frida Kahlo se remet à marcher trois mois après son accident – personne n'y croyait. Sauf elle peut-être. Cela semble relever plus du miracle que de la science. Matilde, la matriarche dévote, se rend chaque jour plus fringante à l'église, tenant ferme son panier empli d'offrandes, des *milagros* de fer-blanc en forme de cœur, de jambe ou de main. Les cieux sont abondamment remerciés. Frida a commencé à travailler, d'abord en aidant son père dans son atelier de photographie puis en chinant de menus travaux à droite à gauche. Elle a retrouvé Alejandro mais elle n'est pas retournée à la *Prepa*. Fini les études.
 Elle se rêvait médecin. Tant pis. Elle se rêvait valide aussi. D'ailleurs, non, elle ne se rêvait

pas : elle avait été valide. Qu'elle est cruelle la conscience de ce qui a été perdu et dont on ignorait la simple jouissance. De façon plus ambiguë, Frida n'est plus la même, elle ne peut alors envisager de reprendre le cours d'une vie qui était celle d'une autre, celle d'une Frida qui n'avait pas été démolie. Qu'ils soient propres ou figurés, les accidents s'apparentent *a posteriori* à des carrefours. On rebat des cartes qu'on ne se savait pas posséder, on mesure ce qu'il nous reste entre les mains en clairvoyance de ce qui a été amputé. Les joies de la *Prepa*, les convocations permanentes dans le bureau de la direction pour s'expliquer sur ses insolences et ses farces de gamine semblent irréelles aujourd'hui. Comme enfermées dans une petite boîte transparente de souvenirs d'enfant. Et si dérisoires à l'aune de sa prouesse : sortir de ce lit, poser les jambes sur le sol et marcher seule sans appui. Parce que Frida, elle, ne remercie pas les cieux, elle ne s'en est remise qu'à elle-même. Elle s'est arrachée de sa paralysie parce que toute sa vie s'est concentrée dans cet unique dessein, écouter chaque minute de sa douleur et dompter son mal.

Mais la rechute est brutale.
Pendant les mois de cette si prompte résurrection, Frida a tu les signaux désespérés du corps. Le dos qui la faisait souffrir, le pied droit

qui obéissait à peine, la fatigue constante. Trop décidée à ne plus se soucier que de ses méandres sentimentaux avec Alejandro et de ses désirs impétueux de jeune femme bien en vie, elle a cadenassé les inquiétants prodromes de sa chair. Mais un an après l'Accident, c'est le retour à l'angoissante horizontale : opérations chirurgicales et lit à baldaquin. Corset de plâtre en prime. Le corps a flanché, on n'avait pas bien estimé les dégâts de la colonne vertébrale. On reprend tout depuis le début.

Elle est maigre de colère. Comment ça, *pas bien estimé* ? Les docteurs, les amis, les parents, les sœurs, elle les déteste tous. Parce qu'ils mentent, parce qu'ils marchent, eux. Frida n'a plus le droit de bouger *à nouveau*, à nouveau elle doit rester alitée, clouée à ce lit comme le petit jésus sur sa croix, le torse et les seins plâtrés, comme une gangue. On lui a laissé un trou de peau à l'air libre autour du nombril pour que ça respire. La peau ? Sa peau devenue rêche comme du papier, le corps est trop triste, il s'assèche et se rabougrit, il est fâché. Elle voudrait être morte.

Frida pleure si souvent que deux bouffissures décorent son visage de façon permanente. Deux fines pochettes sous les yeux, comme une réserve de larmes prêtes à crever de rage à tout instant. Et ça coule parfois en silence, une rivière calme qui rend fade le noir de ses yeux. Parfois en vacarme. Ça coule en criant, râles de gorge où se rejoignent en apogée philharmonique la souffrance et l'amertume. Toute une gamme. Elle pleure en soprano et baryton. Il ne faut jamais croire un chien qui boite ou une femme qui pleure, lui a dit son ami Chong Lee – pour rire. Elle cumule, Frida : boiteuse et pleureuse. Frida qui ne peut même plus boiter parce qu'on est de retour à la case départ, position ligne droite, absence de mouvement à l'horizon, calme plat.

Et Alejandro la délaisse. Comme un air de déjà-vu. Il ne veut plus d'elle. Il ne veut plus de sa fiancée, il ne veut plus faire le tour du monde avec Frida. Elle lui avait proposé d'aller en Amérique chez les gringos, tous les deux, avant. Avant leur accident. Mais est-ce que c'est l'accident d'Alejandro, qui n'a rien eu, lui, rien souffert ? C'est son accident à elle, qu'on lui laisse au moins cela, son martyre ! Elle voulait aller en Inde, en Chine, en Égypte. Voyager toute sa vie. Prendre des bateaux et des avions et des montgolfières. Tant pis, elle voyagera dans le lit de sa rivière à baldaquin. Elle vagabondera avec ses jambes malades et ses côtes pourries. Alejandro ne veut plus d'elle car elle s'est *mal comportée* pendant les quelques mois où elle allait mieux. Oui, elle en a embrassé d'autres, oui, elle s'est frottée par-ci par-là, oui, d'accord, elle a murmuré des petits je t'aime, et alors ? Oui, elle était *vivante*. Et alors, Alex ? Elle voudrait vivre dans sa poche, tout au fond, toute minuscule bien au chaud, ne respirer que dans les plis de sa chemise, être à son service, tout à ses désirs, ne jamais le quitter, comme une tique, comme une fée, être à lui, être lui. Elle ne peut pas vivre en étant juste Frida, elle doit être ta Frida, ta Fridita. Alors comme ça, elle n'est plus exceptionnelle, elle a mauvaise réputation, on palabre dans son dos, elle est facile, elle est indigne ? Elle en a embrassé d'autres, la grande affaire, elle a dix-huit ans, on distribue parfois les baisers fugaces comme des gâteaux au miel, c'est bien naturel, ça n'a rien à voir avec l'amour. Les filles ne font pas ça, sinon elles sont perdues, explique-t-il. Mais elle n'est pas *une fille*, elle est Frida, avec ses seins et sa moustache, la même qu'Emiliano Zapata. Et puis Alejandro aussi caresse d'autres filles, elle le sait. Il ne s'en cache même pas. Il lui raconte. Parce qu'elles sont jolies comme des cœurs. Plus jolies que Frida, devine-t-elle. Avec sa tête de terre cuite et ses sourcils épais. Elle s'est préparée à être déçue depuis qu'elle a pointé la tête entre les jambes de sa mère, pleine de sang et d'humeurs troublées. Elle lui réaffirme ses serments, elle est même prête à les aimer ces autres conquêtes, elle prend tout ! Parce qu'un petit bout d'amour véritable, c'est quand même être aimée, non ? Qu'on la laisse seule, c'est plus effrayant que la mort.

Et s'il faut se jeter les griefs au visage, elle voudrait faire remarquer qu'elle n'a pas gardé, elle, rancune de sa désertion, quand elle était paralysée juste après l'Accident, tous ces jours à supplier qu'il vienne la voir. Et qu'à présent, c'est la seconde fois qu'il l'abandonne et sa jalousie, ça lui fait vraiment une belle jambe, Alex, pour danser depuis son lit à baldaquin.

Cet encombrant lit à baldaquin en bois massif est devenu sa maison et sa cage. Elle a prié qu'on le décore, alors sa mère a accroché tout autour d'elle des photos, des rubans, des cartes de fenêtres ouvertes et de forêts, sa sœur Cristina lui dessine des bonshommes bizarres pour la faire sourire, qu'elle épingle aux colonnes du lit. Chaque jour un nouveau dessin, elle peut alors tourner le cou à droite, puis à gauche et voir autre chose un instant que cette plaque de bois, ciel de lit qui ressemble peu à peu au couvercle d'un cercueil. Elle le regarde, ce ciel-opercule, elle se concentre pour voir au-delà, dévisager l'invisible, *pour trouver du nouveau*, oublier la douleur du corps et le cœur froissé.

Quand elle était petite fille, Frida cachait un rituel. Elle faisait de la buée sur le carreau de la fenêtre de sa chambre et quand la buée était bien opaque elle y dessinait une porte, dans sa tête elle passait cette porte qui l'emmenait de l'autre côté de la rue où se trouvait une laiterie appelée *PINZÓN*, elle plongeait alors dans le *ó* de *PINZÓN* jusqu'au centre de la terre où l'attendait une amie magique. C'était une amie merveilleuse, qui dansait plus aérienne qu'un colibri. Frida lui racontait ses soucis. Quand elle devait rentrer, elle franchissait à nouveau le ó de *PINZÓN*, jusqu'à la porte dessinée sur le carreau. Puis elle se dépêchait de nettoyer la buée. Elle était si enchantée qu'elle courait ensuite jusqu'au grand cèdre qui se déployait au fond du patio de la maison familiale, la *Casa azul*, qui n'était pas encore peinte en bleu, et elle riait de son grand secret, si enivrée de cette autre petite fille, au visage identique, qui empêcherait, à tout jamais, sa solitude.

Elle se sentait en amitié avec elle-même et cela lui conférait une force supérieure, dans cette maison pleine de sœurs, de désirs immédiats et de libertés restreintes. Comme elle aimerait dessiner une porte aujourd'hui sur le plafond, qui lui permette de s'envoler, mais elle n'a plus six ans, elle ne sait plus où est cachée sa jumelle imaginaire, ni par quelle trappe dissimulée elle pourrait encore l'atteindre. Elle demande alors à son père d'accrocher un miroir sur l'armature supérieure de son lit à baldaquin. Guillermo Kahlo s'exécute sans tarder. Tout ce qu'elle veut, sa fille, pour distraire son désarroi. Et il recouvre le ciel du lit d'un grand miroir, fixé de telle sorte que Frida puisse y voir son corps figé dans son entier, sans avoir à bouger.

Frida voit Frida.

Face à face.

Deux Frida en chiennes de faïence. Et à force de regarder le miroir toute la journée, elle passe au travers, elle trouve cette fenêtre perdue qui la menait autrefois à son double.

Alors elle commande à son père des pinceaux, des couleurs, un chevalet et de la toile.

Et, d'un coup, elle se met à peindre la réalité.

Bleu ardoise

Gris bleuté, dense, avec une touche de pourpre

Frida peint pour Alejandro, elle peint pour oublier ses cannes amochées, Frida peint pour sa jumelle perdue dans le ó de la laiterie *PINZÓN* en face de chez ses parents, elle peint pour son père qui s'enferme seul pour jouer du Strauss au piano ou lire Schopenhauer, elle peint pour ses potes à casquette qui ont moins le temps de venir rire et raconter les quelques forfaits infligés à *la grande supériorité supérieure*, Frida peint pour sa sœur Matita qui lui lit des poèmes sans les comprendre, pour le premier fiancé de sa mère qui s'est suicidé devant ses yeux, Frida peint parce que sa mère n'en a jamais parlé, elle peint pour son vagin perforé par une barre de fer, pour sa sœur Cristina qu'elle adore même si elles se disputent sans cesse, elle peint pour sa jambe maigre qui la faisait moquer par les autres enfants et pour les baisers intenses arrachés aux jolis garçons, Frida peint parce qu'elle ne veut pas de fleurs d'Alejandro mais qu'elle préférerait *qu'il la viole*, elle peint parce qu'elle pensait que le tramway était une farce, parce qu'elle voulait être médecin, parce qu'elle était une des premières femmes à entrer à la *Preparatoria*, elle peint parce qu'elle ne fera plus d'études, elle peint parce qu'elle ne peut pas marcher, elle peint parce que la douleur la réveille la nuit sans qu'elle ait pu s'endormir, Frida peint parce qu'Alejandro ne lui écrit pas, ne lui offre plus de livres, parce qu'elle éprouve sa solitude comme un jus d'agave qui lui colle le corps, elle peint parce qu'à l'église elle aimait l'odeur de l'encens, parce que, quand elle peint, elle ne réfléchit pas, elle danse comme une furieuse sans bouger, elle recouvre ses habits dorés de *bailarina*, elle peint parce que son dos lui fait si mal qu'elle voudrait en finir, parce que ça étourdit les fantômes qui ricanent dans son dos et qu'elle en oublie le corset, Frida peint pour les enfants morts du quartier qu'on enterre avec une couronne en papier parce qu'on n'a pas d'argent pour faire ça autrement, elle peint parce que son père lui a dit, un jour, qu'il fallait *apprendre* à regarder, et, par-delà, à voir, elle peint parce que c'est tout ce qui lui reste.

Frida peint son autoportrait dans une robe en velours de la couleur du vin d'Europe, avec un décolleté profond, un décolleté à s'y noyer. Son cou est interminable, on devine les tétons durcis sous l'étoffe. Derrière la mer bleu ardoise, presque noire, respire et les flots choquent. Elle est fatale.

Elle écrit au dos de la toile de son premier tableau : *Frieda Kahlo à l'âge de dix-sept ans, septembre 1926. Coyoacán.*

Plus bas, elle écrit en allemand, la langue de son père : *Heute ist immer noch.*

Frida n'a pas dix-sept ans, mais dix-neuf ans, et alors ? Elle efface l'Accident, elle décide, elle tord, elle a tous les droits. Et puis elle n'a jamais compris pourquoi on ne pouvait pas choisir soi-même son prénom et sa date de naissance.

Elle écrit un mot à Alejandro pour lui dire que ce tableau est pour lui, et qu'il a intérêt à l'accrocher à hauteur d'homme, bien en face, les yeux sur sa ligne d'horizon, pour qu'il ne puisse plus jamais oublier de voir sa Frida.

Frida ne peint pour aucune de ces raisons sus-mentionnées bien sûr, parce qu'elle peint sans raison, sans décision, sans ambition, elle ne sait pas pourquoi elle peint et elle ne se pose pas la question. Ça la soulage. Elle peint parce qu'elle est attachée à ce lit, qu'elle a toujours aimé tenir un crayon, parce qu'elle ne peut plus baiser les charmants garçons, parce qu'Alejandro a abandonné sa *novia*, et qu'il ne faut pas mourir de suite, mais un peu plus tard. Tant qu'à faire.

Heute ist immer noch.
Aujourd'hui c'est encore toujours.

Bleu safre

Nuance ardente d'un mauve sombre

– Camarade Rivera ! crie Frida une main en porte-voix, ce matin-là au ministère de l'Éducation publique. Le maître perché à trois mètres de hauteur sur son échafaudage finit par se retourner à l'appel de son nom et par se pencher. Une fillette se tient stoïque en contrebas, le visage tourné vers lui, regard farouche, cheveux noirs tirés en arrière, en fait pas si fillette, une belle poitrine ronde à peine dissimulée par les paquets qu'elle tient solidement sous l'épaule.
– C'est pour quoi ? Je travaille.
– J'ai quelque chose à vous montrer.
– J'ai pas le temps, *niña*.
– Descends, Rivera. *Rápido*.

L'insolence de la créature le fait rire, il n'en montre rien, ça fait huit heures qu'il peint, il a peint toute la nuit, il peut bien s'accorder une pause, et une pause féminine ne se refuse jamais. Il entreprend de descendre de son Olympe jusqu'à la garçonne. Parvenu en face d'elle, son mètre quatre-vingt-dix et sa carrure de mastodonte tranche de façon comique avec ce colibri entêté. Il la prévient qu'elle n'a pas intérêt à lui faire perdre son temps.

Elle a apporté deux tableaux, elle veut son avis *professionnel* et elle non plus, prévient-elle, n'a pas de temps à perdre.

Sans ciller, Frida attend la réaction de l'homme le plus connu du Mexique.

– Pose-les contre le mur à la lumière et recule-toi.

Diego essuie ses mains sur sa chemise, allume un petit cigarillo entouré d'une bague saphir, un petit cigarillo qui sent le safran. Il regarde les toiles longuement, puis se tourne vers elle, ouvre la bouche pour parler, se ravise, et replonge dans son observation des tableaux. Il finit par rompre le silence en lui demandant où elle habite.

– À Coyoacán.

– Je viendrai dimanche, lui dit-il, d'ici là, peins-en un autre.

– Je veux un avis maintenant.

– Me déplacer un dimanche jusqu'à Coyoacán est un avis. Je ne t'ai pas déjà vue ? Ton visage me dit quelque chose. Ta voix, peut-être. Je crois que je n'aurais pas pu oublier ces sourcils d'effrontée.
– Non.
Elle écrit son adresse sur une boîte d'allumettes, qu'elle lui lance.
Elle est déjà partie, elle s'éloigne, gracieuse, très digne, en boitillant, quand le maître lui demande en criant – Quel est ton nom ?
Mais elle ne se retourne pas, et tout est beau dans cet éloignement.

II

États-Unis, 1930-1932

Rouge

> Aztèque. Tlapali vieux sang de figue de Barbarie le plus vif et ancien. Sang ? Eh bien, qui sait !
>
> Journal de Frida Kahlo

Rouge d'Andrinople

Rouge calme coulant vers un rose de ciel

    Ils sont tous à table depuis deux heures, on s'empiffre, les plats s'enchaînent, des huîtres, des steaks saignants, des pains farcis, des *potatoes* grasses et minaudières, Frida a le cœur tout plein de salive âcre au bord des lèvres, alors elle boit et Diego se déploie : ravi de la crèche, au centre d'un monde qui n'a de cesse de lui apporter des offrandes. La nourriture des gringos n'a aucun sens de la composition, de l'harmonie ou de la cohérence, les parfums des plats sont lourds et s'annihilent en un brouet compact, mais c'est vrai que Frida a toujours eu peu d'odorat. Elle tire les odeurs des couleurs et des matières, elle les devine, elle les image. Le vin est bon, local, même s'il fait pâle figure à côté de la trempe fraîche d'une tequila. – Amusant ce qu'on boit facilement aux États-Unis pendant la prohibition, ricane Frida à l'oreille de Diego. Tout comme il est troublant d'évoluer dans ces cercles de *happy fews* quand on sait que le pays est ravagé par une crise économique majeure depuis l'année dernière, où la Bourse américaine s'est effondrée.

Ils sont une vingtaine autour des agapes, Diego et Frida sont les seuls Mexicains. Il se débrouille mieux qu'elle en anglais et tient le crachoir magnifique, gratifiant son public d'un monologue ininterrompu entre deux bouchées, deux engloutissements, il raconte des histoires de Paris, de Moscou, d'Italie et d'Espagne, les coulisses des intrigues politiques de son pays, les pyramides de Teotihuacan à l'aube, l'imbattable Goya, l'inexprimable beauté de son Mexique, *terre riche et sévère, misérable et exubérante*, ses souvenirs de fêtes à Montparnasse avec le poète français Apollinaire. Il invente la moitié, c'est son habitude, et sublime le reste, c'est son charme puissant, parce que tout dans sa bouche sans fond sonne plus vrai que la réalité. Il crie à un convive en bout de table – Je ne crois pas en Dieu, je crois en Picasso ! Et vous verrez que les œuvres murales prendront le relais des fresques des églises ! Il raconte qu'il a perdu sa virginité à trois ans avec une Indienne, qu'il a combattu aux côtés de Zapata et qu'il aime après l'amour cuire et manger la chair rose des fesses des femmes – Ça ressemble à du porc ! s'exclame-t-il égrillard devant les yeux grisés et les moues stupéfaites de son auditoire captif. Il veut bien donner sa recette !

Comment cet homme peut-il travailler plus de quinze heures d'affilée en ne buvant que du lait sans rien manger, songe Frida, et, sitôt les pinceaux posés, enfiler son costume d'ogre messianique ? Comment amener à satiété la bedaine du maître, sacerdoce. Son enfant dévorateur. Les Américaines aux ongles impeccables et chevelure crantée sont aimantées, les hommes aussi du reste, Diego est une attraction totale.

Depuis deux mois qu'ils vivent à San Francisco, ils ont enfilé les mondanités comme des perles étouffantes, invités partout, espérés, convoités comme la dernière sensation à la mode, son mari est plus fascinant qu'une *movie star*, il est exotique. Et Frida est peut-être son accessoire ultime : une épouse tout en couleurs tapageuses qui fait le spectacle vivant en arborant ses jupes d'Indienne de Tehuantepec, ses châles *rebozos* et ses *huipiles* brodés. La journée, ils se promènent ensemble, arpentant la ville sans relâche, ne passant jamais inaperçus, la poupée menue et le géant à tête de crapaud buffle, accompagnés de nouveaux amis qui s'agrègent à eux. Diego n'a pas encore entamé la commande qui est leur raison d'être ici : une allégorie de la Californie pour les murs du palais de la Bourse. Il veut d'abord s'imprégner de ce nouveau monde avant de l'étaler en peinture.

– J'ai bien hâte de me faire un mur, comme il dit.

Il admire les ponts aux infrastructures ultramodernes, les voies express, les usines de banlieue, les ouvriers en bleu de chauffe qu'il fantasme heureux dans l'union glorieuse et fraternelle des travailleurs et les matchs de football – aussi puissant que la corrida ! Par-dessus tout, les constructions mécaniques le fascinent – Les ingénieurs, ce sont eux les véritables artistes, dit-il à Frida. Le couple part souvent en voiture, se faisant conduire, bien incapables l'un et l'autre de manier un volant. Ils quittent les rues animées et traversent les campagnes qui paradent à perte de vue, les champs d'orangers et les armées de séquoias. Diego profite, jubile. Frida ne l'a jamais vu aussi bonhomme qu'en dehors du Mexique, lui le plus grand peintre mexicain.

Frida, elle, aime l'atmosphère du port, l'île au nom d'oiseau espagnol, Alcatraz, les collines qui dessinent l'horizon, mais, contrairement à Diego plongé dans sa carte postale, elle voit la pauvreté partout, les mendiants atones et pouilleux au pied des immeubles éclatants.

Le chômage a explosé ici depuis 1929, elle a entendu parler de ces grandes marches de protestation au cours desquelles on criait, en vain, que le peuple crève la dalle.

La veille du jour où Diego lui a annoncé qu'il était invité à travailler aux États-Unis, chez les grands capitalistes chauves à bretelles et cigare – comme il les représente sur ses fresques murales –, Frida avait fait un cauchemar qui l'avait laissée agitée et en suée. Elle y faisait ses adieux à sa famille car elle devait partir pour la *Ville du Monde*, comme elle s'appelait dans le rêve. Elle avait l'intuition sinistre que c'était un aller sans retour.

Et le matin suivant ce rêve, un vibrionesque Diego lui annonce qu'il est embauché par les gringos – C'est l'avenir qui se construit, Frida ! Nous sommes un seul pays ! L'Amérique ! s'emballe-t-il. Cette invitation était providentielle : depuis que le rigide Calles avait pris le pouvoir, les muralistes avaient perdu le soutien de l'État. La démission de l'éclairé Vasconcelos avait vu suivre la résiliation en rafale des contrats des peintres. Et une véritable chasse aux sorcières sévissait à Mexico, les communistes étaient arrêtés, incarcérés, parfois pire.

Frida sait que ce voyage aux États-Unis est un refuge et que le bouillonnant milieu artistique américain est une opportunité en or pour

Diego, mais son rêve prémonitoire instille en Frida une mélancolie brumeuse et elle ne partage pas la joie sans fard de son mari.

Avant le départ, elle peint un autoportrait pour l'offrir à Diego pendant le voyage. L'arrière-plan représente cette *Ville du Monde* qu'elle avait aperçue en rêve.

– Tu es une magicienne, Fisita, je le savais, dit-il en arrivant à destination.

Elle avait représenté avec une troublante vérité, sur la toile, cette ville qu'elle n'avait jamais vue, dans ce pays dont elle foulait le sol pour la première fois.

Elle avait créé San Francisco.

La voisine de droite de Rivera va s'attraper un torticolis à force de tendre son cou de cygne vers *el Maestro* pour boire ses paroles, prendre sa becquée de frissons. Celle de gauche n'est pas en reste. Diego ne regarde pas Frida, il est terrible en haut de sa montagne, il est tout-puissant et n'a besoin de personne. Toutes ces femmes sont des friandises dans ses poches, des bonbons pour plus tard, un coup de langue quand on a besoin de sucre, c'est vital et superficiel. Frida demande au serveur de lui trouver de la tequila, elle n'en peut plus de ce vin de fillette – Et du vrai citron vert ! crie-t-elle au pingouin.

Citron vert, le goût de l'acidité et du ciel.

Le chômage a explosé ici depuis 1929, elle a entendu parler de ces grandes marches de protestation au cours desquelles on criait, en vain, que le peuple crève la dalle.

La veille du jour où Diego lui a annoncé qu'il était invité à travailler aux États-Unis, chez les grands capitalistes chauves à bretelles et cigare – comme il les représente sur ses fresques murales –, Frida avait fait un cauchemar qui l'avait laissée agitée et en suée. Elle y faisait ses adieux à sa famille car elle devait partir pour la *Ville du Monde*, comme elle s'appelait dans le rêve. Elle avait l'intuition sinistre que c'était un aller sans retour.

Et le matin suivant ce rêve, un vibrionesque Diego lui annonce qu'il est embauché par les gringos – C'est l'avenir qui se construit, Frida ! Nous sommes un seul pays ! L'Amérique ! s'emballe-t-il. Cette invitation était providentielle : depuis que le rigide Calles avait pris le pouvoir, les muralistes avaient perdu le soutien de l'État. La démission de l'éclairé Vasconcelos avait vu suivre la résiliation en rafale des contrats des peintres. Et une véritable chasse aux sorcières sévissait à Mexico, les communistes étaient arrêtés, incarcérés, parfois pire.

Frida sait que ce voyage aux États-Unis est un refuge et que le bouillonnant milieu artistique américain est une opportunité en or pour

Diego, mais son rêve prémonitoire instille en Frida une mélancolie brumeuse et elle ne partage pas la joie sans fard de son mari.

Avant le départ, elle peint un autoportrait pour l'offrir à Diego pendant le voyage. L'arrière-plan représente cette *Ville du Monde* qu'elle avait aperçue en rêve.

– Tu es une magicienne, Fisita, je le savais, dit-il en arrivant à destination.

Elle avait représenté avec une troublante vérité, sur la toile, cette ville qu'elle n'avait jamais vue, dans ce pays dont elle foulait le sol pour la première fois.

Elle avait créé San Francisco.

La voisine de droite de Rivera va s'attraper un torticolis à force de tendre son cou de cygne vers *el Maestro* pour boire ses paroles, prendre sa becquée de frissons. Celle de gauche n'est pas en reste. Diego ne regarde pas Frida, il est terrible en haut de sa montagne, il est tout-puissant et n'a besoin de personne. Toutes ces femmes sont des friandises dans ses poches, des bonbons pour plus tard, un coup de langue quand on a besoin de sucre, c'est vital et superficiel. Frida demande au serveur de lui trouver de la tequila, elle n'en peut plus de ce vin de fillette – Et du vrai citron vert ! crie-t-elle au pingouin.

Citron vert, le goût de l'acidité et du ciel.

Le photographe Edward Weston lui fait face, Tina Modotti lui en a beaucoup parlé car il fut son mentor et son amant. Frida le rencontre ici à San Francisco, mais il connaît intimement le Mexique et parle espagnol. Ils se sont plu dès l'abord, il souhaite la photographier, fasciné par son costume de Tehuana qu'elle a adopté depuis son mariage avec Diego.

– Tina me parle souvent de toi, Edward. Elle dit que tu étais son double.

– Comme toi et Diego.

– Tina m'a raconté que, parfois, vous échangiez vos vêtements et vous vous faisiez passer l'un pour l'autre. Moi, j'aurais du mal à ne pas me perdre dans la chemise de Rivera.

– Tina me fascinait. Je pouvais la photographier toute une journée sans m'arrêter et elle se baladait nue comme si je n'étais pas là.

– Edward, tu dois connaître des chansons mexicaines, non ? lui lance-t-elle soudain.

Diego Rivera est arrêté dans sa conversation par un chahut à l'autre extrémité de la salle. Un à un les convives tournent la tête pour découvrir Frida debout sur la table, qui entonne d'une voix rauque et bien plus puissante que sa petite taille ne pourrait le suggérer des *canciones* délirantes. Weston l'accompagne en tapant des couverts. Elle réinvente des chants révolutionnaires en les pimentant de paroles graveleuses, dont les Américains bohèmes-à-quatre-épingles ne peuvent soupçonner la nature. Diego éclipsé part d'un gros rire sans pudeur. Les convives subjugués battent le rythme et en redemandent, sa sorcière Frida a jeté ses sortilèges. Elle boit sa tequila comme un *hombre*, d'un trait bien jeté sans cesser de chanter. Quand certains sont simplement hypnotisés fourchette en l'air, d'autres montent sur leur chaise pour accompagner la sulfureuse diva de bastringue.

C'est une fête, enfin.

Et enfin Diego accroche un bref instant le regard de sa femme de vingt-trois ans qui semble lui murmurer un méphistophélique – Ne t'avise jamais de m'oublier, *mi amor*.

Il la désire à en crever.

Rouge carmin

Rouge cru

Quand Frida se réveille, son premier geste est de chercher Diego dans l'espace du lit, sa main tâtonne jusqu'à tomber sur le corps chaud, alors elle respire comme on pousse un soulagement, mais parfois le lit est vide, Diego est matinal, il se lève souvent à six heures pour travailler sans relâche à son *mural* californien. Son second réflexe est de chercher le Mexique et, avec les brumes du sommeil qui fanent, prendre conscience qu'elle en est loin, qu'elle est toujours en Amérique, et qu'elle ne sait pas quand elle reverra Coyoacán. Frida n'a pas d'agenda propre. Son calendrier c'est Diego. Mais elle s'est aménagée des habitudes, des routines liturgiques qui scandent la journée et la dessinent. Elle écrit des lettres le matin, en buvant trop de café, même si celui des gringos est bien fade, elle noircit des pages entières de petites cocasseries qu'elle envoie à sa sœur Cristina et ses amis mexicains, comme une gazette de l'autre monde. Elle raconte beaucoup d'elle aussi, elle rend compte de l'état de ses désagréments physiques avec force détails, comment va son dos, son pied, son cœur, ses orteils ; ses douleurs sont indissociables de ses humeurs, elles sont importantes et banales comme le sont les données météorologiques, changeantes, imprévisibles, un caprice familier, elles donnent la couleur du jour.

Après Frida s'habille. *M'apprêter de parures pour m'offrir au premier qui voudra de moi*, comme l'écrit Whitman. C'est long, sophistiqué et réconfortant. Choisir une tenue dans la multitude de jupons, châles, corsages : préparer sa palette. Hésiter, combiner, défroisser, trouver l'accord. Elle superpose des jupons dont les ourlets recèlent des messages érotiques brodés par ses soins. Elle enfile sa seconde peau. Puis l'accompagne de bijoux et d'accessoires fétichistes – ceinture, perles précolombiennes, verroterie et chaînes guatémaltèques ; d'accessoires vivants, bougainvillées, roses violettes, orchidées blêmes, puis Frida se coiffe selon un rituel précieux. Elle se peigne comme elle peint une toile – tresser les cheveux avec des rubans ou fils de laine, sculpter la matière en couronne, orner, oindre d'huile, respecter les étapes fantastiques d'un office sacramentel ; elle termine par le maquillage, léger et précis pour dessiner un naturel, du rouge à lèvres, poudre de riz Coty et fard à joues, khôl noir sur les sourcils, mettre du relief, vernir les ongles en rouge, se masser les mains avec une crème Pacquin, changer les bagues (elle dort toujours baguée), mélanger l'or et l'argent, accrocher les boucles aux oreilles, appliquer le parfum sur la nuque, entre les seins et au creux des poignets.

Enfin elle devient Frida Rivera.

Elle devient légendaire.

Jeune fille il lui arrivait de s'habiller en garçon, pantalon, bottes, complet-veston. Pour poser sur les photos de famille, elle ajoutait montre à gousset, canne à pommeau et amplifiait un regard fier. Elle portait les cheveux courts, parfois gelés en arrière, et ne tolérait aucun maquillage. Cela heurtait sa mère mais plaisait à son père, esseulé dans son gynécée de six filles.

C'est en lui racontant une blague que Diego l'avait demandée en mariage. *Ex abrupto.* Ils se voyaient depuis presque un an. C'était le début de l'été 1929. Ils rentraient tous deux d'une réunion au PCM, le Parti communiste mexicain, où personne ne s'était écouté déblatérer.

Il le lui avait proposé sans façon, en marchant dans la nuit, le pas hâté parce qu'une pluie s'était mise à tomber, le genre de pluie si fine qu'elle ne mouille pas, elle brouille simplement les idées et fait s'évaporer de la terre des mélancolies tièdes.

– Rien n'est sérieux pour toi, Diego, sauf la peinture. Et peut-être le communisme.

– Tu oublies les femmes ! s'amuse-t-il avec un rien de cruauté.

– Tu as déjà été marié deux fois.

– Justement, je suis un connaisseur. Je fréquentais à Paris un peintre espagnol, Francis Picabia, grand coureur de femmes, toutes splendides, surtout des danseuses. Et pourtant cet homme n'avait d'yeux que pour son épouse. Et ce n'était pas une beauté. Mais elle seule l'allumait vraiment. Un jour il m'a dit : Dans la vie, on se marie, et si on s'ennuie, on se démarie. Voilà tout.

– Pourquoi courait-il les femmes alors, ton ami parisien ?

– Il faut bien se nourrir, Fisita.

– Et moi, je suis un plat délicieux ?

– Ton jus est plus délicat que celui d'une cerise de capulin.
– Et qu'est-ce que cela changera de se marier, camarade ?
– Pour commencer, Guillermo Kahlo cessera, quand je viens te chercher, de me regarder comme la huitième plaie d'Égypte s'abattant sur son pauvre crâne d'Allemand.
– Mais tu n'auras plus besoin de venir me chercher Diego, c'est peut-être le problème.
– Enfant de mes yeux, susurre Diego en penchant son imposante carcasse pour empoigner Frida Kahlo, quand tous les réverbères de la rue sautent et plongent le couple dans une nuit imprévue.
– Rivera, moi je n'allume pas. J'éteins ta lumière, on dirait.

Est-ce que la rue Violeta qu'ils longeaient s'était réellement trouvée noyée dans le noir ? Ou la mémoire de Frida avait-elle ajusté ce coup de théâtre au tissu des souvenirs ? Toujours est-il que c'est ainsi qu'elle racontait la demande en mariage de Rivera à qui lui posait la question. Parce que Frida a remarqué que c'est un genre de question que les curieux posent, et qu'elle n'a pas envie de dire que pour Diego le mariage semble être un jeu comme un autre, où il suffit de lever le pouce pour en discuter le règlement, qu'elle pense qu'il voulait lui faire plaisir comme on offre un collier ou une fleur, et qu'en fait, Diego déteste simplement qu'une journée se termine sans un peu de tension, une goutte de drame ou une *atmosphère*.

Rouge écarlate

Rouge vif, une fraise écrasée

C'est Frida qui fit les démarches administratives. Elle se fichait bien d'être mariée, elle s'était déclarée athée après avoir usé les bancs de l'église toute son enfance, elle ne s'était gardée pour personne, elle aimait les hommes, les femmes aussi parfois, même elle se méfiait du mariage, goût de mort anticipée, comme de tout carcan lui rappelant son propre martyre, ce corset qui ceint le buste supplicié.

Mais, orgueil ou inconscience, elle ne se fichait pas d'être mariée à Diego Rivera.

Bien au contraire.

Alors elle fit les démarches.

La vie est une aventure administrative, comme dirait l'autre.

Pas de messe donc, un consentement de pure forme arraché aux parents Kahlo. Matilde, ne cachant pas sa consternation, jetait derrière elle plus d'eau bénite que de coutume, mais enfin le plus grand peintre du Mexique cela avait de la gueule, et depuis longtemps Matilde avait renoncé à exercer toute autorité sur sa troisième fille. Guillermo, lui, était anxieux et dubitatif, sa petite boiteuse entre toutes était son âme, et bien qu'il l'élevât – à la différence de ses sœurs – comme un garçon, elle n'en était pas un, pas tout à fait, et après le viol du bus il aurait aimé mettre cette perle cassée définitivement à l'abri, il n'était pas certain que Rivera fût un abri.

Pas de saint sacrement donc, mais le passage à l'hôtel de ville devant le maire de Coyoacán, nul besoin d'invités pour applaudir au *oui*, personne ne fut prévenu, Frida demanda aux gens du coin de faire témoins : le coiffeur, le docteur et le juge, c'était très bien.

Guillermo Kahlo imposa tout de même sa présence à la mairie, et à la lecture des articles de loi, il se leva, solennel.

Frida avait snobé la robe de mariage blanche que Matilde avait présentée à sa fille en gage maladroit, de paix peut-être, dernière tendresse, sinon de tradition, inscrivant en cela un peu la terrible Frida dans son giron maternel et dans sa lignée. C'était la robe européenne tout en dentelles et passementerie, au col haut et taille fine, que Matilde avait portée il y a longtemps déjà à l'église quand elle avait épousé Guillermo ; elle était impeccable, conservée avec le soin que l'on réserve aux urnes funéraires, amour, tristesse et effroi, gardée des mites et de l'usure par quelques secrets onguents dont les recettes se transmettent entre femmes sur le ton de la conspiration.

Frida n'avait rien dit et laissé la robe pendue au cintre, en sortant de la chambre, elle avait simplement accroché au passage la main de sa mère et l'avait serrée, une seconde, deux secondes, trois, elles ne s'étaient pas regardées.

– Ma fille est un démon, Diego. Serez-vous à la hauteur ? demande le *señor* Kahlo à son nouveau gendre sur les marches de la mairie.

– À sa hauteur, impossible, Guillermo, mais je vous promets que je ne lâcherai jamais sa main pour traverser la mer.

Guillermo écoute le maire donner un mari à sa fille, il la contemple de dos, elle porte une robe tehuana d'un vert de marée nocturne, qu'elle a empruntée à la servante indienne de la maison, il ne l'a jamais vue habillée ainsi. Elle a une fleur piquée au chignon.

Avec un aplomb surprenant pour un homme au naturel timide et réservé, le père de Frida se redresse soudain et s'exclame – Mais tout cela, n'est-ce pas une comédie ? Et il se rassoit, comme gêné par son propre débordement, ne sachant trop si son cri était un sursaut d'humour ou bien une turpitude métaphysique, à l'instar d'un Hamlet se demandant s'il faut *être ou non*, lui qui aime tant lire Shakespeare et qui aime tant sa fille.

La cérémonie s'achève.

Quand Frida se retourne vers lui, elle se plante bien en face, dépique sa fleur, la lui attache à la boutonnière et lui fait cette étrange déclaration :

– J'aurais aimé te connaître mieux, Guillermo Kahlo.

Et les dés en sont jetés.

Rouge brasier

Rouge aux éclats de lumière, violent, strident

Après s'être habillée avec dévotion et raffinement, comme tous les jours ou presque depuis qu'ils sont en Amérique, Frida rejoint Diego pour déjeuner. Elle lui apporte à manger, car, lorsqu'il peint, il oublie tout et ne s'arrête pas. La technique des *murales* est une course contre la montre, il faut peindre avant que le plâtre ne sèche. Et Diego est un puriste. Il a rapporté ses recettes de ses voyages en Italie – peindre *a fresco*, dans le frais. Il parle avec une passion fébrile de sa découverte des fresques de Giotto. Une couche de plâtre a besoin d'environ dix heures pour sécher, ce qui laisse en réalité sept ou huit heures de travail effectif, après la peinture est gravée dans le marbre pour ainsi dire, et il faut détruire pour retoucher. Par ailleurs, le rendu des pigments mélangés à l'eau est volatil, il faut anticiper ce que cela va rendre, sans compter le manque de recul du peintre par rapport à l'ensemble du mur quand il travaille. Autant de difficultés qui passionnent Rivera.

Lorsque Frida débarque sur le chantier, Diego s'accorde une pause. Elle est sa confidente des obstacles rencontrés et des petites victoires sur la matière, qui lui tend un panier-repas toujours décoré de napperons et de fleurs fraîches. Ensemble, ils bavardent de l'avancement du *mural*, des audaces et des compromis, mais aussi des fêtes de la veille et leur cortège de femmes croisées à la beauté haut perchée. Diego se plaint de la qualité des produits locaux. Au Mexique il aime utiliser des pigments traditionnels, dont les Indiens se servaient avant la conquête espagnole. Ils font dînette comme des amants et l'amour derrière une bâche à la hussarde, Frida parle beaucoup quand ils s'éprouvent, *chingame, chingame*, baise-moi, défonce-moi, elle crie, mais pas trop fort, elle jure – elle connaît beaucoup d'obscénités –, et elle s'assoit à ses côtés quand il se remet à peindre. Assagie.

Elle lit, parfois elle dessine.

Frida, elle, préfère être seule pour peindre. Elle, elle aime mieux ne pas en parler. Elle ne peint pas le matin quand ses cheveux sont dénattés, crinière noir nuit indienne, elle ne peint pas en sous-vêtements, ni sans bijoux, elle ne peint pas de grands sujets allégoriques, ni après le sexe.

Elle peint pour s'abriter.

Pour ne pas être seule.

Depuis une semaine, elle travaille à une toile les représentant, elle et Diego, le jour de leur mariage. Quand elle commence à peindre, elle ne décide pas vraiment du sujet au préalable. Elle est souvent étonnée de ce qui arrive, de ce qui se révèle sur la toile. De ce qui coince. Elle n'élabore pas. Elle se repose d'elle-même.

Le soir de leurs noces, Tina a décrété, nom de Dieu, qu'il faisait fête – Diego et Frida ont fait la bêtise de se marier, on sort toutes les bouteilles, c'est trop drôle ! Elle a ouvert sa maison et ameuté les amis, et les amis des amis, chacun est arrivé avec des vivres et son *alegría*.

On dispose tacos, assiettes garnies de *panela* et *pico de gallo*, on verse des *sangritas* et du *pulque*. Dans le jardin, le linge sèche, Frida s'est dit que les dessous de Modotti seraient un décor adéquat à la plaisanterie et des musiciens ont envahi les culottes.

– Alors, Diego, la blague est dite.

– Tu es maintenant ma meilleure moitié, Fisita. Cette robe écrit une histoire.

— C'est la robe de la servante de mes parents, et c'est ton troisième mariage.
— Non, c'est la robe de ton mariage avec un éléphant et c'est mon premier avec toi. Tes parents m'ont surnommé ainsi, c'est brillant. *El Elefante*. Brillant !
— Elle faisait bien l'amour, Tina Modotti ?
— Merveilleusement, pour être honnête. Très souple. Remarquable poitrine.
— Tu ne seras jamais fidèle, Diego ?
— Non, jamais, Frida.
— Et moi, tu ne me poses pas la question ?
— Non, Frida, je ne te pose pas la question.
— Et tu ne me demandes pas pourquoi je te pose la question ?
— Non, Frida, je ne te le demande pas.
— Et ça ne te semble pas bizarre que je te pose des questions que toi tu ne me poses pas ?
— Tu me donnes le tournis.
— Pourquoi tu m'as demandée en mariage Diego ?
— Parce que tu es meilleure peintre que moi et que tu aboies très fort !
— Évidemment que je suis meilleure peintre que toi, *elefante*.
Frida a la sensation de flotter dans un capharnaüm qui ne la concerne pas. Toute occasion est bonne à faire une fête de fin du monde, alors, pour le mariage d'une paire si mal assortie, les

âmes redoublent d'imagination. C'est carnaval. Frida danse. Elle gèle ses douleurs avec l'alcool pour donner à son corps l'illusion et l'élan d'être neuf, elle veut danser pour son mariage, elle flirte avec les hommes, baisers biscuits, chatouille Diego en passant, lance des défis à la cantonade, elle se donne une fièvre, elle veut faire joujou, reine de théâtre, elle prend toute cette agitation comme on amasse pour plus tard, elle a tellement manqué de bruit les longs mois couchée à attendre que le squelette se recouse, alors elle en veut plus, de guitares, de pétards, de gloussements et de chants, la presque totalité des femmes présentes ont couché avec Diego, c'est comme ça, c'est le poème de son mari, même Lupe est venue, la dernière épouse, qui balade ses yeux d'un vert étiolé sur cette fête impie, et qui se dirige tout droit vers Frida.

— La voilà, mesdames et messieurs, Frida Kahlo de Rivera, en chair et en os, surtout en os !

Frida a vite apprécié Lupe, la magnétique Guadalupe Marín aux colères mémorables. Elles se sont apprivoisées, comme les femmes peuvent se passer le relais d'un homme aimé avec une précaution de mère inquiète et fatiguée, *à ton tour maintenant et bon courage*. Lupe lui a raconté comme, dans ses démentes crises de jalousie, elle avait lacéré les peintures de Diego, jeté au feu la postérité, ou que, un jour de fureur, elle avait réduit en poudre les statuettes précolombiennes que Diego collectionne fébrilement, et les avait intégrées au potage servi avec une joie diabolique à son mari. Cela avait fait rire Frida aux larmes. Elle imaginait la grande bouche de Diego se régaler des cendres de sa passion. Goulûment.

Quand, étudiante, elle regardait en cachette Rivera peindre les murs de l'amphi Bolívar de la *Prepa*, cachée derrière les pilastres de la balustrade, elle observait Lupe arriver toute pleine d'allure. Elle passait apporter à Diego son déjeuner dans un panier décoré avec soin, elle venait causer et rire avec lui de petits riens d'amants, semblait-il. Frida était trop loin pour entendre les discussions à voix basse, mais parfois Lupe débarquait précédée de cris aigus. Frida se rencognait un peu plus dans sa cachette d'ombre et regardait comme au cinéma ces scènes de vaudeville où l'épouse vient demander des comptes au mari volage, au mari qui blesse et qui étrille la patience et la foi, la volcanique Lupe, qui brisait le décor avec des emportements de Méduse, prête à dévorer ses enfants s'il le fallait pour le dernier honneur d'un regard sincère. Frida s'était dit qu'elle ne voudrait pas être à sa place, elle y pense en passant, sans marquer l'ironie ce soir qu'elle est devenue à son âmes redoublent d'imagination. C'est carnaval. Frida danse. Elle gèle ses douleurs avec l'alcool pour donner à son corps l'illusion et l'élan d'être neuf, elle veut danser pour son mariage, elle flirte avec les hommes, baisers biscuits, chatouille Diego en passant, lance des défis à la cantonade, elle se donne une fièvre, elle veut faire joujou, reine de théâtre, elle prend toute cette agitation comme on amasse pour plus tard, elle a tellement manqué de bruit les longs mois couchée à attendre que le squelette se recouse, alors elle en veut plus, de guitares, de pétards, de gloussements et de chants, la presque totalité des femmes présentes ont couché avec Diego, c'est comme ça, c'est le poème de son mari, même Lupe est venue, la dernière épouse, qui balade ses yeux d'un vert étiolé sur cette fête impie, et qui se dirige tout droit vers Frida.

– La voilà, mesdames et messieurs, Frida Kahlo de Rivera, en chair et en os, surtout en os !

Frida a vite apprécié Lupe, la magnétique Guadalupe Marín aux colères mémorables. Elles se sont apprivoisées, comme les femmes peuvent se passer le relais d'un homme aimé avec une précaution de mère inquiète et fatiguée, *à ton tour maintenant et bon courage.* Lupe lui a raconté comme, dans ses démentes crises de jalousie, elle avait lacéré les peintures de Diego, jeté au feu la postérité, ou que, un jour de fureur, elle avait réduit en poudre les statuettes précolombiennes que Diego collectionne fébrilement, et les avait intégrées au potage servi avec une joie diabolique à son mari. Cela avait fait rire Frida aux larmes. Elle imaginait la grande bouche de Diego se régaler des cendres de sa passion. Goulûment.

Quand, étudiante, elle regardait en cachette Rivera peindre les murs de l'amphi Bolívar de la *Prepa*, cachée derrière les pilastres de la balustrade, elle observait Lupe arriver toute pleine d'allure. Elle passait apporter à Diego son déjeuner dans un panier décoré avec soin, elle venait causer et rire avec lui de petits riens d'amants, semblait-il. Frida était trop loin pour entendre les discussions à voix basse, mais parfois Lupe débarquait précédée de cris aigus. Frida se rencognait un peu plus dans sa cachette d'ombre et regardait comme au cinéma ces scènes de vaudeville où l'épouse vient demander des comptes au mari volage, au mari qui blesse et qui étrille la patience et la foi, la volcanique Lupe, qui brisait le décor avec des emportements de Méduse, prête à dévorer ses enfants s'il le fallait pour le dernier honneur d'un regard sincère. Frida s'était dit qu'elle ne voudrait pas être à sa place, elle y pense en passant, sans marquer l'ironie ce soir qu'elle est devenue à son tour Mme Rivera, mais Lupe est ivre, de l'ivresse triste des cauchemars.

– La voilà, mesdames et messieurs, Frida Kahlo de Rivera, en chair et en os, surtout en os !

Frida tente de saisir le bras de Lupe, en amitié.

– Ne me touche pas ! Mais regarde-toi ! Regardez-la vous autres !

Ça s'agite autour des deux femmes, on renifle l'odeur du sang, l'imminence d'une mise à mort. Et Lupe tire la jupe de Frida en ahanant – Regardez ces jambes malades comparées aux miennes, mais pourquoi, mon Dieu !

Diego qui s'avise de l'empoignade en rigole, complètement cuit à la tequila, Lupe s'enfuit, femme blessée, la soirée n'en perd pas son rythme. Frida dégrisée sent monter une oppression, les courants marins de la fête s'accélèrent, pantomimes et marionnettes, les visages se durcissent, des coups de feu éclatent, *el gran pintor* a sorti sa pétoire, mais qu'ont-ils à prouver les grands machos à sortir sexe ou pistolet comme on allume une cigarette, on défouraille, on tire, bang bang, on jouit, une bagarre s'ensuit, Frida est poussée, elle cherche son mari des yeux, et aperçoit sa face hilare, d'un coup, un besoin venu de nulle part, elle se rue sur lui et le frappe, elle ne sait pourquoi, elle le frappe fort, elle arme les poings – Bats-toi, Diego, bats-toi ! hurle-t-elle.

Viens ! Diego encaisse sans se départir de sa gaieté, accoutumé aux sautes d'humeur féminines comme on s'habitue aux imprévisibles caprices du ciel. Et Frida lâche le peintre pour le rendre à une fête qui ne la regarde plus. Elle se dérobe, descend l'escalier à toute vitesse, déboule dans la rue, elle prend alors une bouffée d'air, une longue et profonde goulée, elle laisse les sons pétarader dans son dos, les cris, les rires, la mauvaise joie, elle s'éloigne dans la rue enténébrée, les réverbères sont éteints, elle marche trop vite pour ses jambes, essoufflée, elle ne pleure pas. Elle ne sait où aller. C'est où chez elle ? Elle prend la direction de la maison de ses parents. Terre ferme. Elle rit d'un coup de l'absurdité de la situation. Elle songe à un des ex-voto de sa collection, sur lequel une jeune mariée est représentée en train de courir toute seule dans la rue. L'inscription s'étant effacée avec l'usure, elle s'est toujours demandé d'où cette mariée pouvait chercher à se sauver. Que peut-on fuir ainsi ? À part ses propres choix ?

Il faut un lascif goût de mort pour qu'une fête soit réussie.

Rouge étrusque

*Rouge aux racines naturelles,
profond et distingué*

Frida ne sait pas à qui elle va offrir ce tableau qui les représente, Diego et elle, dans une pose sage et désuète, digne d'un médaillon souvenir que l'on emporte pour conjurer l'éloignement des cœurs. Elle a utilisé comme modèle une photographie de leur mariage, où elle porte sa robe d'Indienne verte et un épais châle *rebozo* d'un orange rougi. Diego est de mise simple, en complet anthracite et large ceinturon.

Elle observe sa peinture comme on cherche chez son enfant à démêler la part de soi de celle qui nous échappe, sans savoir laquelle des deux effraie le plus. La Frida peinte semble rétrécie à côté de son mari, elle s'est donné un visage arrondi de poupée, une face de pantin qui penche nettement vers Diego comme pour signifier leur interdépendance et sa main repose sur la sienne plus qu'elle ne la serre, elle paraît voleter telle une libellule à côté du corps massif dont les lourds souliers s'ancrent exagérément dans le sol. Deux enclumes populaires, *en angle obtus, comme pour englober toute la terre et se tenir sur elle invinciblement*. Diego fixe le spectateur, de trois quarts, tourné non vers sa femme mais de l'autre côté, prêt à reprendre une activité plus urgente, sa main droite tient une palette neuve et des pinceaux frais. La boucle en argent de son ceinturon est gravée d'un D majuscule. Un sceau, une marque au fer rouge, un pouvoir contenu dans une seule lettre, ce D à l'image d'un gros ventre à l'appétit vorace semble se retrouver dans la composition du tableau, tracé invisible enveloppant les deux personnages. Frida s'est placée à l'intérieur du D presque recroquevillée, épouse fœtale. À la manière des ex-voto mexicains qui mentionnent un lieu, une date et une description de l'action, elle ajoute un drapeau tenu dans le bec d'une colombe et écrit : *Nous voici, moi, Frieda Kahlo, auprès de mon époux bien-aimé Diego Rivera, j'ai peint ce portrait dans la belle ville de San Francisco, Californie*. Un ex-voto représente en général un accident ou un drame pour lequel on espère une grâce, lorsqu'il n'exprime pas la gratitude pour un bienfait reçu. Le saint interpellé y est représenté. Qui est le saint ici ? Quel est l'accident ? *Aqui nos veis*, un « nous voici » qui résonne comme le « me voici » d'Abraham clamant son inconditionnel amour de Dieu, mais que l'on peut entendre, littéralement, dans le sens de la mise en scène chère à Frida, « ici vous nous voyez » sur l'estrade de notre théâtre.

Frida hésite et ajoute : *pour notre ami M. Albert Bender, au mois d'avril de l'an 1931*. Elle a trouvé à qui l'offrir. Leur mécène américain Albert les a aidés à obtenir le visa nécessaire à leur entrée aux États-Unis qui renâclaient à faire pénétrer sur le sain territoire un gros communiste fort en gueule.

Ce tableau est triste, pense Frida, est-ce que je suis triste ? Le mur qui cerne le couple est sans perspective, privé d'échappée, la poupette Frida tient ferme son châle en cœur croisé sur la poitrine comme pour se protéger d'un froid intérieur, elle aussi fixe le spectateur mais son regard est vague. Ses pieds sont si petits qu'ils pourraient être ceux d'un nouveau-né.

Le grand peintre et l'épouse dévouée du grand peintre.

Souvent Frida peint d'abord, réfléchit à ce qu'elle voit ensuite. Elle déchiffre après coup sa peinture, évalue cet animal vivant qui s'extériorise en images, suinte le pus des blessures, l'ichor de l'âme. Elle peint pour elle, pour s'énoncer sans calcul ni stratégie, *s'exprimer franchement*.

Elle voudrait rentrer au Mexique, pays qu'elle a tant rêvé quitter. Qu'est-ce qui cloche chez elle ? Ce n'est pas qu'elle s'ennuie. Elle aimerait peut-être s'ennuyer, tourner en rond, entendre bavasser comme des toupies les amies de sa mère de quelques vaines anecdotes, discuter de la couleur des citrons avec une vendeuse du marché, de ce vert impossible à reproduire en peinture qui indique que le citron est à parfaite tendreté et amertume, prendre le temps de ne pas faire, ou de faire lentement des gestes sans importance. Non, ici à San Francisco, elle ne s'ennuie pas, elle s'agite même, elle s'emploie, elle engrange tant de visages différents, masques baroques, impressions soleil électrique, elle aime regarder les enfants dans les rues, leur bouille simiesque à croquer toute crue, elle lèche les vitrines clinquantes d'eldorado bourrées d'accessoires à posséder dans l'urgence, bagatelles, affiquets et chinoiseries, elle achète et elle offre. Diego aime à se moquer d'elle et de ses poches sans cesse farcies de petits riens qui lui sont tout. Frida a le cadeau maniaque. Elle ne peut rencontrer quelqu'un sans dégrafer un bijou pour le lui tendre ou vider son sac à la recherche d'un inattendu présent. Les traces d'amour. Comme elle dirait – Prenez un morceau de moi pour plus tard. Pour ne pas m'oublier.

Ici elle a rencontré un médecin magique qui comprend le corps et l'âme, il s'appelle Leo Eloesser. C'est un chirurgien réputé qui est passionné d'orthopédie. Depuis l'Accident, Frida collectionne les médecins comme des amants. Plus que des guérisseurs, ils sont les interlocuteurs nécessaires d'une constante maïeutique : l'aider à accoucher de ce corps toujours malade et endolori. Depuis qu'elle est aux États-Unis, son pied droit s'est dégradé, elle a du mal à marcher. Léo la soulage, la décrypte, il est devenu son ami en deux claques sur l'épaule et trois regards adroits. Un petit bonhomme moustachu à l'intelligence vive et la gaieté communicative, un altiste virtuose, féru d'art, qui aime à parler de politique autant que de tendons et de scolioses, et qui s'est entiché du corps de Frida, cas d'école. Il lui propose parfois de l'accompagner pour faire un tour de la baie dans son bateau à voiles, un sloop. *Sloop*, curieux mot, a pensé Frida.

Insomniaque, Leo Eloesser reste à la disposition de ses patients préférés nuit et jour, et Frida est devenue instantanément sa favorite.

À San Francisco, Frida peint beaucoup.
C'est peut-être le problème.
Elle aimerait ne pas en avoir autant besoin.
Quand elle peint elle est seule et repliée. Concernée. Elle est mendiante.
Diego ici a le choix du roi, les Américaines sont somptueuses et dévergondées. Parfois il disparaît deux jours avec une assistante, une nouvelle amie, une connaissance. En ce moment il s'est entiché d'une joueuse de tennis. Une championne. Blonde. Très souriante. Mais qu'est-ce que c'est que ce sport, le tennis ? Encore un truc d'Européens dégénérés. Frida a tout fermé de ce côté-là. Calme. Mais parfois elle hurle.
– Helen n'est pas blonde, Frida, elle est châtain clair.
– Pourquoi as-tu besoin de toutes ces putes ?!
Elle aboie, comme il dit. C'est pratique.
– On est toutes des chiennes, alors, Diego ? On se couche ouaf ouaf ou on aboie, ouaf ouaf. C'est un peu juste comme tableau ! Ouaf, ouaf, ouaf !
– À cet instant précis, je ne vais pas te répondre, Frida, parce que c'est une élucubration que je connais par cœur, et toi aussi.
– Si, tu vas me répondre, et me dire les mêmes mots, encore, jusqu'à ce que je te dise que j'en ai assez de les entendre.

– Alors vas-y, Frida, réponds à ma place.
– Non ! Diego ! C'est trop simple pour toi ! Tu n'as pas le droit de me priver de mon courroux, bâtard !
– Ce n'est pas un sujet Frida. C'est une pulsion, ça n'existe pas. C'est comme se lever le matin et aller pisser. Trois secondes avant ça n'existe pas, trois secondes après ça n'existe plus.
– Et entre ? Ça existe ?!
– Oui ça existe, *mi amor*, comme un infini mal de dos. Qui va et vient.

Ce n'est pas un sujet ? Qu'est-ce que c'est un sujet ? Une intention ? Un désir peut-être. Une démonstration ? Elle se pose la question quand elle regarde ses tableaux. Les siens et ceux de Diego. C'est un acte politique, dirait-il. La révolution du peuple en images. L'irrévérence contestataire et le sublime. Le puissant et le faible qui se côtoient à une même échelle, surhumaine. Juste une fenêtre, pense Frida. Un sujet c'est une fenêtre qui s'ouvre dans les deux sens. Pas étanche.

Les tromperies de Diego ne sont pas un sujet, c'est un éléphant dans la pièce. C'est l'éléphant d'*el Elefante* qui s'installe de force dans la cuisine en terre cuite de Fridita et fait tomber toute la vaisselle par terre avec sa large trompe incontrôlable. Trompe-Tromperies. Ce n'est pas le bon terme d'ailleurs, pour tromper il faudrait dissimuler au moins. Avoir un souci de la mise en scène. Gratifier l'autre d'un suspense.

Frida aussi couche ailleurs. Pas au début. Maintenant, oui. Parfois. Rapidement. Pour ne pas être en reste. Pour voir. Surtout avec des femmes. Elle trouve leurs seins admirables, surtout quand les mamelons sont plus bruns que roses. C'est vrai qu'avec les femmes, c'est plus consistant, elle ne peut pas lui enlever ça à Diego.

Et puis Frida aime bien les blondes.

Rouge garance

*Rouge qui s'effeuille du rose à l'orange,
vibrant*

Frida et Diego prennent la fuite de San Francisco, comme deux garnements.
Après le City Club de la Bourse que Diego avait décoré de moult travailleurs et d'un gigantesque portrait féminin censé être une allégorie de la Californie mais dans lequel Frida lisait nettement les traits de la belle tenniswoman Helen, Diego s'était attelé à d'autres *murales* pour l'École des beaux-arts. Une polémique éclata avant même que la fresque ait eu le temps de sécher.
Ça commençait à jaser à l'extérieur. De qui se moquait-on ? Diego avait composé un trompe-l'œil, une sorte de mise en abyme : peindre sur fresque la réalisation d'une fresque. Amusant,

certes. La fresque dans la fresque avait pour sujet la construction d'une ville – toujours les travailleurs, les techniciens, énergie vitale souterraine – et Diego s'était représenté assis sur son échafaudage en train de travailler. Il s'était peint tournant le dos à ses spectateurs, le bon peuple californien, les gratifiant d'une vue immanquable sur ses énormes fesses grassouillettes débordant de la planche de l'échafaudage.

Shocking.

Le couple plia bagage sans même dire au revoir aux amis, et prit le chemin de Mexico. Frida était aussi soulagée de quitter l'Amérique que Diego en était miné. Son seul regret était de n'avoir pas revu Leo. Elle avait essayé de le joindre au téléphone pour le croiser en catimini, mais ils s'étaient manqués. Elle aurait aimé le remercier, son *doctorcito* à l'intelligence insolente, lui offrir des cadeaux de départ. Elle avait fait son portrait mais ce n'était rien à l'aune des soins dont cet homme l'avait entourée. Elle l'avait peint en pensant à son père, elle trouvait qu'ils se ressemblaient. Elle avait peur qu'il ne lui en veuille d'être partie comme une voleuse, qu'il ne cesse de l'aimer. Elle, elle l'aimait. Quelle différence entre l'amitié et l'amour ? Il faut dire je t'aime quand on a le temps. Après on oublie, après on part, après on meurt.

Rouge agrume

Rouge brillant et liquide, florissant

Frida est enceinte.

Ce n'est pas la première fois. Quelques mois après leur mariage, elle dut recourir à un avortement. C'était en janvier 1930, avant qu'ils ne partent pour San Francisco. Les jeunes mariés se trouvaient à Cuernavaca, villégiature recherchée au sud de Mexico, où Diego avait accepté de faire une fresque dans le palais de Cortés, colossale bâtisse vieille de quatre cents ans et potelée des fantômes de la *Conquista*. Diego était exalté d'entamer une nouvelle escalade picturale, et charmé par son commanditaire, qui n'était autre que l'ambassadeur des États-Unis au Mexique, le délicieux et ultracapitaliste *Mister* Morrow. Bien que Rivera l'eût dénoncé quelques mois plus tôt comme une des incarnations de l'impérialisme américain, les deux hommes n'eurent aucun mal à se mettre d'accord sur un projet de *mural* exaltant la révolution mexicaine, et pourquoi pas.

Frida vivait ce séjour à Cuernavaca comme l'heureuse parenthèse d'un état amoureux intense, Cuernavaca et son fameux *printemps éternel*. N'être que deux et recouverts de peinture, n'être que deux et recouverte du génie de Rivera. Elle goûtait aussi un éloignement salvateur de Mexico, où les disputes politiques avec les amis et le surmenage avaient éreinté son mari. D'abord, Diego avait été exclu du Parti communiste lors d'une mascarade grotesque, un véritable procès en hérésie mené contre lui. On lui reprochait les mêmes griefs en boucle : peindre les murs publics pour le compte d'un gouvernement de bourgeois, avoir accepté le poste de directeur de l'École des beaux-arts. Que Diego se défende en disant peindre les murs au nom du *mexicanismo*, la conscience et la fierté nationale d'être mexicain et la réappropriation d'une culture indienne, cela n'y changeait rien. Il était à la solde du gouvernement. Qu'il mette en avant la fonction sociale de son art, qu'il peigne pour le bénéfice des masses et que ses fresques soient révolutionnaires ne les a pas plus convaincus. On se méfie de Diego, électron libre et orateur trop puissant. Le PCM lui reprochait aussi les vues progressistes qu'il défendait à l'École des beaux-arts : insuffler un enseignement collectif, un rapport au savoir qui ne soit plus vertical.

Résultat, exclu du PCM et poussé à démissionner des Beaux-Arts.

Diego dérange. Irritant géant.

Mais le plus triste a été l'abandon des amis. Tina Modotti, trop fidèle au Parti, a publiquement dénigré Diego. Écœurante ingratitude de celle que Diego avait soutenue contre vents et marées quelques mois plus tôt quand elle avait été accusée, à tort, d'avoir assassiné son amant Antonio Mella. Il avait œuvré nuit et jour pour l'innocenter, expliquant à qui voulait bien l'entendre que l'exécution de Mella était un coup des Cubains.

Antonio, une balle dans sa superbe tête en pleine rue, alors qu'il tenait le bras de Tina.

À Cuernavaca, Frida passait ses journées à accompagner son mari dans son travail, commentant ses dessins, ses choix narratifs, son trait, ses couleurs, ses métaphores. Elle nourrissait un insatiable dialogue de curieux exaltés. Rivera, loin de s'offusquer de cette pépiante présence par-dessus son épaule, adorait l'œil de Frida sur sa palette et en redemandait, obéissant aux injonctions courroucées de sa jeune épouse

— Mais enfin Diego, comment as-tu osé peindre le cheval de Zapata en blanc ! Diego sollicitait sa femme en permanence, enfin il avait trouvé un regard à sa hauteur. Il s'en remettait à elle, Frida était devenue sa référence. Elle-même se remit à ses toiles, sans douleur. Des portraits et des autoportraits. Des visages. Elle pensait à son père qui avait passé sa vie à photographier le Mexique et qui, étrangement, ne prenait que rarement les visages en photo. Il disait qu'il n'aimait pas prendre de clichés des gens, parce que cela aurait été comme défier Dieu en embellissant ce qu'Il avait créé laid. Frida, elle, s'attaquait à la beauté de la laideur et se fichait bien de défier quiconque. En revanche, elle avait hérité de son père de se méfier du flou.

Le soir venu, Frida aimait s'asseoir sur la terrasse de la maison de Morrow et contempler les deux volcans Popocatépetl et Ixtaccíhuatl sans parler, sans bouger, jusqu'à ce que la mantille noire de la nuit avale parfaitement leur contour tutélaire et les laisse s'endormir.

Et Frida s'était retrouvée enceinte pour la première fois. Avant même qu'elle pût sonder ce qu'elle pensait de cette irruption, elle dut avorter en urgence, car le fœtus était mal placé et la mettait en danger. Après l'Accident, des médecins lui avaient dit qu'elle ne pourrait jamais porter d'enfant, d'autres l'avaient assurée du contraire. Mais on lui avait dit aussi qu'elle ne pourrait plus marcher.

Poker.

Elle avorta. Ce fut tout. Seule à nouveau dans son corps, elle continua de regarder les volcans s'endormir chaque soir, à l'est de Cuernavaca. Selon la légende aztèque le guerrier Popocatépetl aimait tendrement la belle Ixtaccíhuatl qui brûlait pour lui du même ardent amour, mais la belle mourut de chagrin après s'être crue abandonnée par son amant, en réalité éloigné par un cruel subterfuge parental. À son retour, le valeureux Popocatépetl, à la vue du corps sans vie de sa bien-aimée, expira de désespoir. Les dieux, paraît-il, émus, recouvrirent les corps des amoureux d'un consolant manteau de neige et les transformèrent en montagnes.

Deux volcans figés dans un impossible amour.

Frida a toujours adoré les légendes, leurs ficelles naïves semblent toucher plus juste le cœur sombre du réel. Comme ses propres visages de peinture.

Après San Francisco, ils étaient à peine revenus à Coyoacán que Diego avait été invité à exposer ses tableaux au musée d'Art moderne de New York, où ils restèrent cinq mois. Puis Henry Ford en personne, le grand manitou d'*el gran caca capitalismo,* fit un pont d'or au *señor* Rivera pour qu'il vienne peindre une saga murale édifiante à la gloire de l'industrie de Detroit. Les gringos ne peuvent plus se passer du génial *pintor* mexicain communiste. *How funny.* Malgré les polémiques qu'il déchaîne (ou grâce à elles ?) on se l'arrache.

Le couple est donc à Detroit depuis le mois d'avril quand Frida prend conscience que *F. Lune* n'est pas venue au rendez-vous : pas de sang. *F. Lune* c'est comme ça que Frida appelle ses règles, parce que la lune apparaît et disparaît. Petit pressentiment sombre. Elle est de nouveau enceinte. Elle se trouve loin de chez elle. Elle n'en veut pas de cet enfant, pas maintenant, pas tout de suite, pas là, enfin elle croit. Est-ce que cela va la rendre malade ? Est-ce que cela va tout broyer à l'intérieur encore une fois ? Concasser les petits bouts d'elle qui tiennent de justesse ? Est-ce dangereux compte tenu de son état ? Elle a déjà pris une barre de fer dans le vagin. Diego n'aura pas le temps de la soutenir, il travaille sans arrêt. Il enchaîne les commandes, il court les dîners des vampires américains qui habillent toutes ses nuits. Aura-t-il le temps de la protéger, de lui caresser le ventre et le front, est-ce que cela l'ennuiera de devoir la protéger et de lui caresser le ventre et le front ? Elle n'est pas sûre de vouloir cette vie qui est la sienne.

Elle veut donner tout libre arbitre à quelqu'un d'autre. Elle s'en ouvre à Diego.

Et Diego lui dit très sereinement qu'il est hors de question qu'il ait un autre enfant. *Punto final.*

Qu'il ait un autre enfant ? Il ? Mais qui parlait de *lui* pour une fois ?! Et *elle*, *hijo de puta* ?! Et eux ? Il était déjà là, cet enfant ? Et qui était-il pour décider de cela ? Son mari, parfaitement, un mari n'est-il pas supposé engrosser sa femme ?! Et être content de le faire !

– J'ai déjà deux filles avec Lupe, Frida. Je travaille jour et nuit. Mexico est en plein chaos. Les artistes et les communistes sont traqués. On est réfugiés aux États-Unis, Frida ! Le gouvernement mexicain ne paie plus pour les fresques, il les détruit !

– Quel est le rapport ?!

– J'ai déjà vécu cela. Et toi, ton corps ne le supportera pas. Tu as tellement de douleurs, c'est un sacerdoce. Il n'est pas fait pour ça, Fisita.

– Tu parles de mon corps comme d'un objet détaché de moi. Une charge. Mais c'est moi ce corps, c'est ce que je suis. Et tu le savais en m'épousant. Que croyais-tu ?

– Je prends tout chez toi, Frida, j'ai tout pris, tout. Arrête ce faux procès !

– Ne dis pas ça comme si tu m'avais fait un cadeau.
– Je n'ai pas besoin d'autres enfants ! Je croyais que c'était clair.
– Je sais que c'est un garçon, Diego, je le sens. C'est un Dieguito. Et tu me dis que tu n'en veux pas ?
– J'ai déjà eu un fils qui s'appelait Diego.
– Je sais ! Avec ta première femme parisienne.
– Angelina n'était pas française, elle était russe. Elle est russe.
– Et elle est où, Angelina ? Où l'as-tu laissée ? À Paris avec le cadavre de votre fils ?!
– Je ne sais pas comment tu oses, tu es un serpent. Je sais que tu es un serpent depuis que j'ai posé les yeux sur toi. Je ne suis pas surpris !
– Tu as des femmes et des enfants dans toutes les villes du monde, tu es tellement fort, tu es tellement stupéfiant ! Alors pourquoi pas avec moi ?
– Parce que tu n'es pas les autres !
– Arrête ! Avec tes mots doux tu vas filer le hoquet à un perroquet mort !
– Frida, tu me rends fou ! Tu n'es pas les autres, d'accord, *mi amor* ? Tu n'es pas la mère de mes enfants, tu es ma *compañera*. Ma confidente. Tu es mes yeux. L'enfant de mon âme.
– Et moi, tu ne me demandes pas si je le veux ?! Et moi, Diego, et moi !

– Ne pleure pas, Fridita, ma petite petiote.
– Tu sais pourquoi je pleure ? Parce que j'ai été victime de deux horribles accidents dans ma vie, Diego, le premier c'est le tramway. L'autre c'est quand je t'ai rencontré.

Rouge mazarin

Rouge laqué sombre, caverneux

Ce soir, Diego et Frida sont reçus à dîner chez Henry Ford en personne. Nappes blanches, vins rares, couteaux tirés en argent, serviteurs à la chaîne et vieilles pies de la haute bourgeoisie. Depuis son arrivée à Detroit, le couple Rivera est accueilli et cornaqué par le fils unique de Henry Ford, Edsel. C'est lui qui a proposé à Rivera de réaliser une œuvre ici, à l'Institut des arts. Faire une fresque à la gloire de l'industrie de *Motor City*, c'est faire évidemment une fresque à la gloire de Ford. Diego adore ça, il parle de peindre l'histoire de la nouvelle race de l'âge de l'acier. On lui a proposé deux murs de la cour intérieure coiffée d'un toit de verre, mais il veut trois murs, non, quatre, il veut un ciel sans limites. Après avoir visité toutes les usines et laboratoires de la ville, il a dessiné vingt-sept tableaux préparatoires à son *mural*. Le budget est largement dépassé, ct Edscl Ford a suivi, sans barguigner, augmentant la dotation de 10 000 à 25 000 dollars.

Dans ce paysage industriel piqué de gratte-ciel, Frida jure dans le tableau avec ses robes de Tehuantepec, elle n'aime pas du tout la ville, elle est choquée par l'extrême pauvreté au coude à coude avec les automobiles de luxe. Elle a l'impression de refaire un tour du même manège : gérer l'excitation de son mari – et son surmenage –, tenir le carnet de bal des mondanités où le couple est une sorte d'attraction clownesque. Mais Diego est heureux comme un enfant. Survolté. Par contagion, elle y trouve sa joie.

Simplement.

En se rendant chez les Ford, elle a fait remarquer à Diego qu'il portait un smoking de capitaliste. – Oui, Frida, mais les communistes doivent s'habiller comme les gens de la haute ! lui rétorque Diego. Pour quelqu'un qui revendique que son épouse s'habille comme une Indienne, ça ne manque pas de sel, pense-t-elle.

À table, elle est placée à côté de Henry Ford, elle est l'invitée de marque.

– Où êtes-vous logés ? lui demande une dame à diadème entre deux âges, toute prête à lui faire l'article sur les *places to be or not to be* à Detroit.

– Nous avons un petit meublé au Wardell, près de l'Institut. Mais nous avons failli plier bagage.

– Vous avez rencontré des désagréments ?

– Oui, ils n'aiment pas les Juifs.

Au mot Juif (Frida parle fort) un silence gênant s'abat et ruine le cours ronflant et équilibré des *small talks* de bon aloi. Un ange passe. Il faut dire que la réputation d'antisémite de Henry Ford n'est plus à faire.

À Detroit, Frida se présente sous le nom de Carmen. Carmen est son deuxième prénom après Magdalena. Frida n'arrive qu'en troisième place, même si sa famille l'a toujours appelée ainsi. *Frieda*, comme il est inscrit sur son acte de naissance, est un prénom allemand, qui vient du mot paix, *Fried*. Un bien joli mot, quoique mis à mal avec l'arrivée des nazis dans le paysage politique. L'Allemagne est en pleine élection présidentielle, et Adolf Hitler incarne une menace sérieuse face à Hindenburg. Pour marquer une distance avec ses origines allemandes, Frida a d'abord supprimé le *e* de son prénom, puis s'est rebaptisée Carmen.

Autour de la table, le silence est assourdissant. Personne ne se lance pour briser la gêne. Les convives espèrent *in petto* que Ford n'a rien entendu. Frida se tourne vers le vieil Henry et lui demande (toujours en parlant fort) – Monsieur Ford, est-ce que vous êtes juif ?

L'embarras collectif est à son comble. Ce n'est plus un ange qui passe, mais tous les chérubins du paradis qui s'installent autour de la table. Les convives piquent du nez dans leur assiette. L'élégant septuagénaire pose son térébrant regard bleu sur cette amazone à face de métèque, et éclate d'un rire sonore qui contraste avec sa minceur athlétique et son maintien pincé. Ford répond enfin – Chère Carmen, il paraît que vous peignez aussi. Je serais ravi de voir vos œuvres.

– Oui, je comprends, je suis la meilleure peintre du monde.

– Ha, ha, vous m'en voyez absolument convaincu. Et que pensez-vous de mes usines ?

– À ce sujet, il y a une histoire de mon pays qui devrait vous amuser. C'est l'histoire d'un artisan mexicain qui est remarqué par un touriste américain, car il trouve qu'il fabrique de très jolis meubles. Il lui dit : J'aime beaucoup cette chaise, je voudrais vous l'acheter. Pourriez-vous en fabriquer cinq autres identiques pour que je les mette autour de la table de ma salle à manger ? Je vous paierais bien. – Désolé, monsieur, ce n'est vraiment pas possible, répond le

Mexicain. – Pourquoi donc ? s'étonne le touriste déçu. – Ce serait terriblement ennuyeux pour moi de refaire cinq fois la même chose.
– Amusant, *indeed*. Mais mes voitures ont une âme unique vous savez, même si elles sont fabriquées à la chaîne. Vous conduisez, Carmen ?
– Non, *dear* Henry, je serais plus à l'aise sur le dos d'un taureau enragé qu'au volant d'une voiture.
– Mais je vais vous apprendre à conduire, si vous m'y autorisez !
– Apprendre à conduire avec Mr Ford, c'est presque le début d'une nouvelle blague mexicaine. En échange, si vous voulez, je peux vous apprendre la recette du *mole negro* ou du *pico de gallo*, c'est autre chose que la cuisine fadasse américaine ! Et vous devez être charmant avec un tablier.
– Je vous adore, *darling*. Vous êtes piquante. Je veux vous offrir une voiture ! Si, si, Edsel, je veux donner une voiture à Carmen et Diego, tu t'en occupes. Très chère Carmen, j'organise un bal le mois prochain, vous m'inscrirez en premier dans votre carnet de danse, j'espère. Ce sera un honneur. Mais alors, parlez-moi donc du *mole negro*.

Sur le chemin du retour, Diego s'amuse à mimer les conversations du dîner, en partant de rires gargantuesques.

– Tu es un génie Frida ! Balancer ça dans la soupe !

– Il faut justement savoir dans quelle soupe on lape, Diego.

– Michel-Ange mangeait bien à la table des papes. Mais il n'avait pas une femme communiste, lui ! Ford te picore dans la main, tu lui as fait tourner la tête.

– Il n'est tout simplement pas habitué au manque de servilité. Comme tous les puissants, dans une certaine mesure, l'insolence l'excite. Il se paie un petit frisson à peu de frais.

– Edsel est convaincu par mes esquisses, il m'en a parlé ce soir. C'est inespéré. Je ne vais pas peindre des machines sans vie comme les Européens. Je vais peindre la passion, le mouvement et le progrès !

– Tu devrais peindre l'intelligence de l'homme incarnée dans la machine.

– Tu as raison.

Diego laisse un silence, puis repart d'un tonitruant ricanement – Et quand tu lui as donné la recette du *mole* ! Le vieux était envoûté. Tu étais fantastique, Fisita, ce soir, tu éclipses le monde, on aurait dit un papillon au-dessus des lombrics.

– Tu sais combien d'yeux possède un papillon ?
– Non.
– Douze mille. Ça fait beaucoup d'angles de vue ça, Diego.

Rouge sang

Rouge organique aux soupçons bleutés

Frida est réveillée par des douleurs inhabituelles, des crampes comme des tessons de bouteille dans le bas-ventre. Elle essaie de respirer calmement pour détendre son corps, son ventre se cambre par sursauts et son souffle est empêché. Elle cherche à allumer la lumière, mais son bassin fait un poids mort de souffrance, elle ne parvient pas à bouger, elle tend le bras pour atteindre une lampe, à nouveau la doulcur la cingle comme un coup de trique. Elle panique. Son amie Lucienne, une des assistantes de Diego, est dans la pièce à côté, elles ont passé la soirée ensemble et Lucienne est restée dormir, elle ne voulait pas laisser Frida seule car Diego promettait de travailler toute la nuit. Appeler Lucienne. C'est ce qu'il faut faire. Elle prend son élan, mais elle ne réussit qu'à gémir petitement, à peine un gargouillis étranglé de sons plaintifs. Elle pense à ses rêves récurrents depuis l'Accident dans lesquels elle est en danger de mort, elle veut crier à l'aide, quand elle essaie, elle reste aphone, elle dessine les mots dans sa gorge, mais ils sont coincés. Elle se concentre pour expulser enfin ce son qui la sauverait, et l'angoisse se déplace du danger à son impuissance. Appeler Lucienne. Elle se ramasse, gonfle ses poumons d'air, mais, ce faisant, déclenche une vague de nausée, un goût de trottoir sale dans la bouche, elle sue, encaisse une nouvelle montée de douleur. Elle touche ses jambes, tout est poisseux, tout est étranger en bas, elle est coupée en deux. Elle pense qu'elle est en train de mourir. Toute seule, à Detroit, loin du Mexique, elle meurt au mauvais endroit, sans Diego. La mort, elle la connaît bien, elle discute souvent avec cette Grande Baisée, cette Tante de ses fillettes, cette Chauve. Les croyants devenus athées ont un rapport franc avec la mort, comme s'ils avaient déjà bu un certain nombre de verres ensemble pour discuter. Mais elle ne peut pas mourir à Detroit. Elle ne peut pas mourir avec son bébé dans le ventre, qui le nourrirait ? Elle doit retourner à Coyoacán. Elle doit donner son bébé à ses sœurs, pour qu'elles lui apprennent des chansons amusantes, pour qu'elles le bercent sous le demi-jour des arbres du patio. Frida voit flotter des nuages au-dessus du lit, des filaments doux qui rigolent et gigotent, comme si une araignée tissait sa toile autour d'elle. Ça étouffe la douleur, elle pourrait s'endormir, peut-être. Frida pense à un autre bébé, mort il y a longtemps, le frère de Diego. Il n'en parle presque jamais. Diego Maria Rivera est né avec un frère jumeau, Carlos Maria Rivera. C'était il y a bientôt quarante-six ans, un 8 décembre. Carlos est mort à un an et demi. Et Diego est devenu *el gran pintor*. Elle ne ressent presque plus la douleur, elle est exsangue, Frida chante une chanson tout bas « *Aux portes du ciel, On vend des souliers, Pour les angelots, Qui marchent nu-pieds, Dors mon bébé, Dors mon bébé...* » Elle la chante pour son bébé ou pour Carlos ou pour Diego, elle ne sait plus, elle s'en va, s'enfonce dans un trop grand calme... Quand un nouveau coup de cravache la plie en deux, elle emplit ses poumons et hurle, sans un bruit.

Lucienne Bloch est réveillée par un cri, elle émerge du sommeil sans être certaine de ce qu'elle a entendu. Un râle d'homme ? Elle se lève, encore flottante du sommeil, il est cinq heures du matin, et Diego ouvre la porte de sa chambre à la crucifier au mur. – Appelle l'hôpital, rugit-il. Dans l'appartement tout est noir, immobile, mais elle sent cette odeur métallique qui lui glisse un vent froid sur l'échine, elle hésite, elle se dirige vers la chambre, elle allume la lumière.

Frida a les yeux grands ouverts comme des rosaces de cathédrale. Elle est couverte de sang. Les cheveux défaits, trempés, les yeux fixes, les joues éreintées par les rouleaux de larmes. Le sang est partout. Comme si un peintre en colère avait jeté en furie des tonneaux de rouge. Dans ses cheveux, sur ses joues, ça coagule, la couverture est poisseuse, organique, sur le lit, le sol, tout grouille. C'est une scène de crime. Diego est penché sur elle, la tenant comme une toute petite chose très précieuse au creux de ses bras.

– Frida !

Lucienne regarde, interdite, son amie, qui paraît murmurer pour elle-même.

– Qu'est-ce que tu dis, Fridita ? demande Diego.

– *Duérmete niño, Duérmete niño, Arrú arrú...*

– Oui, chante, chérie, mon or, je ne te quitterai plus jamais. Je te promets, je te promets, Fisita...

Lucienne fixe, hypnotisée, les jambes écartées de Frida tellement sanguinolentes que les parcelles de peau épargnées brillent à la lumière d'un blanc de craie mouillée, des caillots s'écoulent encore du sexe. C'est fini, pense-t-elle, il n'y aura pas de bébé, Frida était si heureuse, épuisée mais béate, ne parlant plus que de cela, son Dieguito, comme une version minuscule de son Diego, un Diego poupon qu'elle habillerait, qu'elle promènerait, qu'elle laverait comme elle lave Rivera elle-même.

Frida délire. En ce mois de juillet, Detroit est une étuve, mais elle a froid, comme si des palettes de glace avaient été enfournées dans ses entrailles. Appeler Lucienne, dors bébé, les nuages, dors Lucienne, grelotte, il fait froid, il fait doux dodo, lumières, la rue, mais qui sont-ils ces géants qui marchent sur mes cheveux, la lune arrive, j'ai mal maman Diego.

Frida est emmenée en voiture aux urgences de l'hôpital Henry Ford. Lucienne et Diego effarés et impuissants la laissent être emportée sur une civière. Le personnel est tendu, la situation est critique. Avant de disparaître dans la salle d'opération, Frida se relève un peu sur les coudes et cherche – Diego, Diego, où es-tu ? Tu as vu le plafond ! Regarde ! Mais que c'est beau !

Diego regarde le plafond et la porte du couloir se ferme sur la civière, avalant Fisita, il est multicolore, il a passé la nuit dehors, ce plafond est multicolore, des arabesques et des formes s'y entremêlent comme sur le plafond d'une église, il est sorti ce soir, oui, après avoir travaillé jusqu'à minuit il est sorti, il avait besoin de femmes, de tord-boyaux et de légèreté, Frida est trop intense parfois, impossible à son contact d'oublier que l'on va tous mourir et que notre passage ici est une sorte de violence magique, futile, essentielle et grotesque, interdit d'oublier que nous sommes tous reins et peau d'inconsolables incendies, c'est trop de tension, il est sorti ce soir, il a besoin d'être seul parfois, souvent. Mais une vie sans elle serait une *pâle étoile*. Une longue et morne promenade bordée de réverbères perpétuellement allumés.

Il s'effondre de chagrin.

Rouge Carmen

Rouge dansant aux reflets roses

Diego se cantonne au couloir de l'hôpital, Frida réclame son fils. Elle veut le voir, le garder, le couvrir. C'est son fils, qui peut prétendre le lui enlever ?! Les médecins expliquent à Rivera que le fœtus est sorti en petits morceaux, qu'il n'y a rien à montrer, que c'est parti à la poubelle, Diego campe dans le chagrin de sa femme. – Je veux le peindre Diego, je veux dessiner son visage. Je ne veux pas l'imaginer, je veux peindre la vérité de ses yeux, de sa bouche, de son crâne ! Je le dois ! Sinon, il n'existe pas. Il ne pourra pas revenir, il ne pourra plus vivre dans notre souvenir, il restera prisonnier dans les limbes ! Frida est anéantie, ce qui n'empêche pas sa colère. Elle se lève, indifférente aux protestations des médecins, s'échappe et erre dans les couloirs pour chercher les bouts de son fœtus envolé avant de s'évanouir à bout de force.

Rivera a arrêté de travailler, il ne la quitte plus, il lui apporte des tombereaux de fleurs malhabiles et caresse des heures le bout de ses doigts quand Frida de guerre lasse somnole, en larmes, le visage tourné vers le mur trop nu.

Au troisième jour, il apporte les pinceaux et les couleurs commandés par Frida. Elle exige aussi des livres de médecine et des plaques de fer. Elle veut peindre dessus, comme l'on fait pour un ex-voto, huile à même le métal.

Frida Kahlo peint d'abord un lit sans couverture, aux draps blancs. Sur l'armature métallique du lit, on peut lire *Henry Ford Hospital Detroit. Julio de 1932*. Voilà pour l'ancrage. Ce lit flottant entre une terre désertée d'un brun d'automne maussade et un ciel vaste de noyade figure une barque de fortune après une catastrophe. Au loin, comme un mirage, des usines découpent un paysage d'industries sans divin.

Allongée en bordure de ce lit austère, sur le point de basculer peut-être, une Frida aux sourcils ailés, entièrement dévêtue, pleure, pendant qu'essaiment sous son bassin des taches de sang frais. Ses seins sont pleins et son ventre est encore bombé, comme celui d'une femme enceinte. Cette Frida apparaît toute petite et décentrée, dans ce lit inquiétant. Elle tient de la main droite six grands fils rouges, reliés à des objets qui s'envolent tout autour d'elle, comme les ficelles des ballons que l'on achète les dimanches joyeux dans le parc public de Chapultepec. Au bout des cordons rouges (artères, rubans) dirigés vers la terre, sont attachés : une orchidée violette, une pièce de machine et un os pelvien dont la forme évoque un triste papillon de calcium aux ailes pétrifiées. Et à ceux qui s'envolent vers le haut sont accrochés : un gros escargot, un morceau de chair monté en trophée dessinant la coupe anatomique d'un bas-ventre féminin. Et enfin au milieu, comme au bout d'un cordon ombilical la dernière ficelle brindille, un immense fœtus de sexe masculin, totémique, sculpté et intact.

C'est un cri de douleur imagé dans un livre pour enfants. Une histoire effrayante que l'on écoute en se blottissant sous les couvertures.

L'étrangeté de la composition aimante et hypnotise, invitant à interpréter chaque élément. Pourquoi ce morceau de squelette ou cet escargot ? Pourquoi cette fleur ou cette mécanique abandonnée ? Chaque élément est un symbole intime, chaque symbole est une porte que l'on peut ouvrir comme on soulève avec excitation les vignettes-surprises d'un calendrier macabre. Tout y est, le sexe, le corps, la douceur et la panique, la matrice et le cosmos. Dans cette immobilité naïve, tout résonne de pulsions et battements cardiaques.

L'orchidée sexe, les pétales fermés, la lenteur de l'escargot, mollesse, cornes, coquille, protection, accouchement, abri, ventre, machine en panne, os cassés, bassin vide, fleur-cadeau, hémorragie, bave d'escargot, turbine, violet, dahlia mauve, fil, fils, ventre, fœtus, yeux clos, machine morte, ciel, sang, appareil, respiration, lenteur, douleur, morceaux, fusible, squelette, masque, dedans, dehors, *nowhere*, Detroit.

Frida Kahlo n'a jamais peint comme cela avant.

Personne ne peint comme cela, pense Diego Rivera.

Rouge politique

Passions

Quand Frida quitte enfin Detroit pour se rendre à New York, elle commence à se sentir mieux. Les bords de mer assèchent l'angoisse. Detroit se refermait sur elle comme un piège, alors qu'avant, à San Francisco, et ici à New York, la présence portuaire la rassure. Sauter dans un bateau et partir. Filer en douce et priser le vent. Quand on est face à la mer, on tourne le dos à la ville, alors elle disparaît. Seuls existent ces aplats bleus infinis miroitant l'un dans l'autre, ciel et eau, qui offrent une échappée. Comme le miroir cloué au plafond de son lit à baldaquin, du temps de ses convalescences.

Ils sont invités ici par Rockefeller père en personne. Il les loge dans un palace car le magnat de l'industrie a passé commande d'une fresque murale à Rivera. Un défi à la mesure de Diego. Encore un. Nelson Rockefeller, le fils, veut décorer l'intérieur du RCA Building, un bijou Art déco haut de plus de deux cent cinquante mètres, fuselé en lame d'acier crevant la skyline new-yorkaise, qui est l'immeuble le plus impressionnant du Rockefeller Center, cet immense complexe qui a vu le jour dans le quartier du Midtown de Manhattan. Une vraie ville dans la ville. Cent mètres carrés à peindre dans le hall d'entrée, centre névralgique de passage des New-Yorkais en goguette. Diego tient sa cathédrale ! Les Rockefeller n'ont pas été échaudés par les controverses suscitées par le travail de Rivera à San Francisco. Ni par celles de Detroit... Oui, parce que Diego n'est pas parti de Detroit sans avoir créé sa moisson de polémiques – n'est-ce pas ce que l'on attend de lui ? On a jugé ses nus obscènes, incitant à la débauche. On a dit aussi qu'il avait trahi l'esprit de Detroit en occultant sa dimension spirituelle et culturelle, ou encore que son œuvre était un manifeste communiste déguisé. Bref la pagaille fut joyeuse dans le Michigan.

Mais Nelson Rockefeller lui déroule le tapis rouge. Il a choisi lui-même le thème du *mural* du RCA Building : « L'homme à la croisée des chemins, veillant avec espoir et fermeté au choix d'un avenir nouveau et meilleur. » *Programme*.

Il avait pensé à Matisse et à Picasso pour décorer son building, mais ce sera Diego Rivera.

Mary et Nelson Rockefeller convient souvent les Rivera à les accompagner à des réceptions (les exhiber ?), et même à dîner chez eux, à la bonne franquette. Mary Rockefeller est curieuse du Mexique, ce pays si proche géographiquement et si éloigné de l'*American way of life*. Amatrice d'art, c'est elle qui a imposé sur l'oreiller le choix de Rivera à son mari. La richissime Américaine s'emballe pour le couple mexicain qui est en passe de devenir un mythe aux États-Unis. Frida lui raconte son communisme – celui des fièvres collectives des manifestations du 1er Mai sur le Zócalo plutôt que celui des apparatchiks ternes et rigides de Moscou. Elle décrit la révolte qui habite son pays, jure qu'elle se souvient comme si c'était hier de la révolution mexicaine qui explosa en 1910, contre la réélection de Porfirio Díaz. Frida partage avec son mari le goût pour l'exagération, *si la légende est plus belle que la vérité…* Elle raconte aux Rockefeller qu'elle a vu de ses yeux de fillette Emiliano Zapata affronter les troupes de Carranza en 1914. Les zapatistes, affamés et épuisés, erraient dans Mexico, et sa mère Matilde ouvrait sa maison pour les soigner et les panser. Si, si ! À l'époque on crevait de faim. On ne trouvait plus que des galettes de maïs ! précise Frida avec fougue pendant que les deux couples dégustent les mets les plus fins dans un restaurant du Barbizon-Plaza. Diego ajoute que, lui, il a combattu aux côtés de Zapata en personne ! Frida décrit cette enfance au milieu des hommes blessés, des bruits de lutte, des explosions. – La nuit je m'endormais en entendant les balles siffler, poursuit-elle devant une Mary Rockefeller qui en redemande. Car c'est encore plus divertissant que le cinéma.

La réalité est plus ambiguë. Frida Kahlo ment aussi sur sa date de naissance, elle dit qu'elle est née en 1910. C'est plus chic d'être une enfant de la révolution, non ? Ce qu'elle ne raconte pas à ses convives, c'est que la capitulation du dictateur Díaz sonna le glas pour la famille Kahlo du confort et de la stabilité. Sa mère Matilde, qui venait en aide aux guérilleros, n'était certainement pas enchantée de la situation, comme Frida aime à le laisser entendre. Avant la guerre civile, son père, Guillermo, vivait très bien des commandes de l'État, qui l'avait chargé de réaliser une sorte d'inventaire photographique des monuments de l'époque préespagnole et coloniale. Il offrait à sa famille le train de vie de grands bourgeois et la belle maison cossue de Coyoacán construite sur les dessins de

Guillermo Kahlo dut être hypothéquée après la fin du Porfiriat. Petite fille au début de la guerre civile, Frida n'a pas perçu le déclassement de ses parents comme eux-mêmes durent le vivre. Elle apprit en même temps qu'à marcher ou parler à être économe et à participer à l'effort collectif. Son tempérament impétueux a achevé de la transformer en *pasionaria* de la cause et de lui faire épouser, en même temps que Diego, son idéologie. La jeune peintre adore la liturgie communiste, comme elle aima, enfant, la chair suppliciée du Christ, l'or des saints sur les tableaux et l'envoûtement de l'encens dans les narines. Le goût politique de Frida est une affaire de fétiches : chants que l'on hurle, camarades que l'on tutoie, faucilles et marteaux portés en boutonnière.

Quant à Diego qui raconte avec animation ses épopées zapatistes à leurs amis américains, il se garde bien de préciser qu'il vécut toute la décennie de guerre civile mexicaine en Europe. Certes, il est repassé brièvement au Mexique en 1910, ce qui confère une véracité à ses anecdotes, mais il est surtout rentré pour présenter et vendre ses tableaux cubistes parisiens, dont la meilleure cliente était Mme Díaz en personne, l'épouse du dictateur !

Peu importe, les gringos veulent de belles histoires, il faut bien décorer un peu, non ?

C'est précisément ce que veut Nelson Rockefeller sur son mur, une belle et grande histoire pour inspirer le peuple de New York, *l'homme à la croisée des chemins*.

Rivera lui promet qu'il ne va pas être déçu.

Rouge Manhattan

Rouge criard et acidulé

– Comment peut-on ajouter de la couleur à ces gâteaux ? demande Frida à haute voix, en cherchant une idée dans les tiroirs. Peut-être faudrait-il les peindre tout simplement ?
– Peindre les gâteaux ? Tu vas empoisonner Diego, Frida.
– Il l'aura bien mérité et ce sera nettement plus joli, non ? Du rouge, du bleu, du vert. Je vais chercher les peintures et les pinceaux.
– Je crois que je ne pourrai plus jamais manger de pudding de ma vie, ça fait des heures qu'on les malaxe, c'est écœurant.
– Lucienne, il faut bien que je trouve des idées pour m'occuper à force d'être enfermée dans cet hôtel, Diego n'est jamais là. Et je ne

vais pas passer mes journées à lire des romans policiers.

Deux heures du matin et des poussières, Frida s'affaire dans la cuisine de son meublé new-yorkais du Brevoort Hotel avec son amie Lucienne Bloch. L'idée absurde lui est venue tout à trac de faire des puddings pour Diego. Les deux femmes dessinaient des cadavres exquis, une de leurs occupations favorites qui laisse Lucienne rêveuse devant la pornographie très inventive des œuvres de Frida. Seins démesurés et délicieuses variations ithyphalliques, Frida est explicite – Il n'y a rien de sale dans le sexe, Lucita, c'est le regard posé dessus qui est sale, parfois.

Et puis Frida a voulu faire des puddings.

– Maintenant ? s'est écriée Lucienne. *Really* ?

Frida Kahlo et Lucienne Bloch sont devenues inséparables. La jeune Américaine d'origine suisse n'a jamais quitté Frida de toute l'hospitalisation qui suivit la fausse couche. L'aidant tantôt à se laver, se lever, s'habiller et peindre, tantôt soulageant sa détresse comme une sœur. Lucienne a suivi le couple Rivera de Detroit à New York pour assister le muraliste au chantier du Rockefeller Center. Elle n'est pas toujours payée régulièrement depuis qu'elle a commencé à travailler pour Diego, mais son engagement auprès du peintre dépasse l'aspect financier. C'est une cause.

Lucienne se souviendra toujours de sa première rencontre avec le couple. C'était lors de l'exposition personnelle de Diego Rivera au musée d'Art moderne. Elle avait été invitée au dîner donné en l'honneur du Mexicain car elle fréquentait déjà le milieu artistique new-yorkais – Lucienne s'apprêtait à prendre la direction du département de sculpture de l'école de Frank Lloyd Wright. Les organisateurs, embêtés que personne ne parlât espagnol, placèrent Lucienne Bloch à côté de Diego car tous deux maîtrisaient parfaitement le français. La soirée se déroulait sans accroc, Diego charmait Lucienne d'histoires rocambolesques et de théories sur la matière et la mécanique, elle était fascinée par « l'artiste dont on parle le plus de ce côté-ci de l'Atlantique » comme il était décrit dans le *New York Sun*. Et puis une petite femme somptueusement vêtue invita Lucienne à faire un tour sur la terrasse du musée pour fumer une cigarette. À l'écart, l'étonnante créature se pencha à l'oreille de Lucienne pour lui murmurer un violent *I hate you*. Lucienne qui cachait son sex-appeal derrière des salopettes de sculpteur ou des tenues d'intello austère, n'était pas du tout habituée à déclencher des crises de jalousie. Elle éclata de rire sans pouvoir s'arrêter, alors

Frida, car c'était elle, fut gagnée par la même hilarité. Si Lucienne ne connaissait pas encore Rivera, en revanche elle savait par cœur la douleur des femmes mariées aux *womanizers*. Sa propre mère en avait fait les frais et avait battu en retraite à Paris avec ses enfants sous le bras, fatiguée par les frasques d'Ernest Bloch, chef d'orchestre renommé et coureur invétéré.

Ce père musicien était aussi photographe. Il avait appris à sa fille à ne jamais vivre sans un appareil photo en bandoulière, ce qui finit de rapprocher la Suissesse et la Mexicaine qui échangèrent leurs histoires de paternels, d'enfance et de pellicules. Ce soir-là au MoMA, Lucienne et Frida s'évadèrent discrètement du dîner guindé pour atterrir dans le bar dansant de Greenwich Village, The blue candel, où Lucienne avait ses habitudes. Frida admit que, pour une fois, une femme n'était absolument pas intéressée par l'idée de coucher avec son mari mais simplement de travailler avec lui. Lucienne tomba sous le charme fou de cette petite déesse brutale et fragile, à l'humour dévastateur et mélancolique.

– Tu aurais pu être ashkénaze, Frida !
– Je crois bien que mon père est juif, Lucienne.
– Le mien aussi *I believe*. C'est grave, docteur ?

Et tout fut dit.

Au milieu de la nuit, Frida et Lucienne en sont toujours à enjoliver des dizaines de petits gâteaux, qui s'étalent maintenant sur toutes les surfaces de l'appartement, comme s'il s'agissait d'œuvres d'art mises en scène à l'emporte-pièce par un galeriste enivré. Frida y ajoute des boutons, des bouts de ficelle, des perles, tout ce qui lui tombe sous la main, tout en servant à intervalles réguliers à elle-même et à son amie de larges rasades de bourbon.

– Frida… Pourquoi tu ne peins plus depuis que vous êtes à New York ?

– Je peins là ! Tout plein d'immondes petits gâteaux.

– Je te parle de toiles, Frida.

– Tu sais où il est, toi ?

– Non, je ne sais pas.

– Mais tu sais avec qui, n'est-ce pas, ce n'est pas comme s'il se cachait de son nouveau flirt avec Louise Nevelson. Elle lui a tourné autour depuis le début. Tu sais, Lucienne, qu'en vérité ce sont les femmes qui viennent à Diego, et non pas lui qui les cherche. Tu n'as pas remarqué ? Tout le monde veut sa part de Rivera.

– Il a l'air de s'en accommoder.

– Je sais. J'ai envie de rentrer au Mexique. Ma mère me manque.

La mère de Frida est morte il y a presque un an, au mois de septembre 1932. Le 15 septembre précisément. Frida se ressert du whisky. Qu'elle avale comme on prend sa respiration. Pour se rassembler. Pour s'oublier. Lucienne l'observe du coin de l'œil. Il est difficile d'évaluer l'humeur de Frida Kahlo, qui peut transformer son allégresse en désespoir en un battement de cils et retour. Il n'est pas non plus aisé de savoir si Frida est dans la réalité ou la rêverie, son amie peut faire preuve d'un bon sens terrien et s'échapper dans la seconde qui suit dans des considérations plus ou moins délirantes. Avec et sans alcool. Lucienne aime cela chez elle, plus que tout. Sa propension à avoir un pied dans le monde et l'autre dans l'ailleurs, toujours vivre comme sur une sorte de marelle, on lance le caillou qui tombe sur l'enfer ou le paradis, et on y va à cloche-patte gaiement, la vie comme un jeu cruel où l'on dessine par terre des arcs-en-ciel naïfs. Frida n'est ni pudique ni idiote, elle est même étonnamment roublarde et manipulatrice, mais parfois elle fait l'enfant qui invente d'autres langues pour brouiller les pistes. Les brouiller aux autres ou à elle-même ?

Deux mois après la perte de son fœtus, Lucienne a accompagné Frida à Mexico, laissant Rivera continuer son travail à Detroit. Frida devait se rendre d'urgence auprès de sa mère

Matilde, les nouvelles de Coyoacán, concernant sa santé, étaient très inquiétantes. Frida était à peine remise de sa fausse couche. Depuis sa sortie de l'hôpital elle ne faisait que peindre, des tableaux sombres, déroutants, torturés et sublimes. Il n'y avait pas d'avion disponible à cause d'intempéries, Frida frôlait la crise de nerfs, alors elles prirent le train. Le voyage dura plusieurs jours pendant lesquels Frida pleurait constamment. Les deux femmes traversèrent l'Indiana, le Missouri et le Texas avant d'atteindre la frontière. Quand le train faisait des haltes, elles essayaient d'appeler Mexico pour avoir des nouvelles, mais les lignes étaient coupées, on leur dit que le Río Grande était en crue, ce qui avait endommagé les communications entre les deux pays.

– C'est le Río Bravo qu'il s'appelle et pas le Río Grande, pestait Frida, qu'un détail rendait hargneuse.

Pendant les arrêts, elles descendaient déjeuner. Elles parlaient peu. Frida regardait le ciel comme pour y traquer un avion traître qui aurait refusé de l'embarquer. Quand l'attente s'éternisait elles allaient au cinéma, sous l'injonction d'une Lucienne tentant toute diversion au chagrin abyssal qui cascadait de son amie sans interruption. Rencognée dans la cabine du train, Frida lui répétait – Si maman meurt, je serai seule au monde, ou – Je ne veux pas être loin de Diego, faisons demi-tour, ou – Je suis une mère qui a perdu son bébé et sa maman.

Lucienne songeait à une toile à laquelle Frida travaillait. Elle n'avait jamais rien vu de tel nulle part. Elle en avait eu froid dans le dos quand Frida la lui avait montrée. On y découvrait une femme en train d'accoucher sur un lit, les jambes largement écartées, de son sexe, dont il ne manquait ni les poils ni les lèvres rouges et gonflées, sortait une tête de bébé déjà adulte avec les traits de Frida, ses sourcils à la forme unique ne pouvaient tromper personne, mais sans cheveux, le bébé avait l'air mort, yeux clos, cou relâché, du sang se répandait sur le drap blanc ; la tête de la parturiente était entièrement recouverte d'un drap macabre qui s'apparentait à un linceul. Dans cette pièce austère où rien ne survivait, la seule décoration était un tableau au-dessus de la tête de lit représentant une Vierge des douleurs.

Terrifiant. Lucienne lui avait demandé qui était sous le drap. – Je ne sais pas, Lucienne, quand je peins, je ne réfléchis pas, c'est peut-être ça ma peinture, accoucher de moi-même. Et Frida avait ri de son bon mot.

Une semaine après leur arrivée à Mexico, Matilde Calderon Kahlo mourut. *El jefe*, comme la surnommait Frida. Le chef. Sa mère.

C'était d'une tristesse asséchante. Frida affichait un masque sans expression. Hermétique, cloîtrée dans son chagrin. Elle refusait catégoriquement de voir le corps. Les six sœurs se couvrirent de noir, fratrie sans frère, et personne n'osa aller prévenir le père Guillermo qui restait enfermé avec son piano, délaissant Beethoven et Strauss, ses compositeurs préférés, pour jouer Chopin.

Frida déteste la musique classique.

– Jeune, ma mère était d'une très grande beauté. Toute petite, toute fine, on aurait dit une clochette. Alors qu'elle avait un caractère de chien. Plus tard, elle est devenue gironde, et je cherchais l'ancienne clochette dans les plis de sa peau. Elle était très intelligente, mais pas cultivée, contrairement à mon père. C'est exagéré, son caractère de chien, si j'y réfléchis. En fait elle était gentille, mais elle nous grondait quand nous étions petites, alors nous avons décidé qu'elle aboyait. Quand mon père était en retrait, plus calme. Tu ne remarques pas qu'on décide un jour la couleur dominante d'une personne et qu'après on ne se remet plus en question ou alors très difficilement ? Qu'est-ce que ça dit de nous ?

– Que nous simplifions. Moi, je me réfère constamment à mon père qui est un artiste célèbre. Alors qu'il était aussi un beau salaud. J'ai appris à le connaître par le regard des autres, à l'appréhender en dehors de notre lien, comme un étranger. Ma mère m'appartient.

— Je t'ai déjà raconté que le premier fiancé de ma mère s'était suicidé devant elle ?

— Je ne crois pas, Frida. Pourquoi a-t-il fait ça ?

— Je ne sais pas. Pourquoi on se suicide ? Savoir qu'on peut le faire, ça rend libre. Ouvrir la fenêtre et sauter. Ma mère était secrète. Il y avait des choses dont on ne parlait pas. Mais j'ai trouvé des lettres d'amour qu'elle avait conservées de lui, son premier fiancé. Il était allemand, comme mon père.

— C'est une coïncidence bizarre.

— Je ne sais pas si c'est une coïncidence.

Les deux femmes discutent sans se regarder, les mains occupées à mouler la pâte, sortir du four les gâteaux cuits, décorer les friandises, peindre les puddings, les installer pour les faire sécher. Plus la tâche devient aberrante, plus elle semble essentielle, là maintenant, à quatre heures trente du matin, elles ne cèdent pas à la nuit, elles passent le temps, virevoltant avec légèreté de leurs mains prises à leurs pensées respectives, à leur verre brun de whisky *sour*.

— La mort est dans chacun de ces puddings ma Lucienne.

– Pourquoi tu ne rentres pas au Mexique, Fridita, au lieu de faire des puddings ? Tu as peur de laisser Diego ?

– Je voudrais qu'il rentre avec moi ! Quand cet *hijo de puta* de Rockefeller a condamné le *mural* de Diego, je me suis dit, à quelque chose malheur est bon, on va enfin se tirer de *Gringolandia* ! Tu parles. Diego a toujours de bonnes raisons de rester, après cette fresque à l'École des travailleurs qu'il est en train de faire il trouvera un autre projet, une autre excuse. C'est comme quand il s'est fait expulser de Moscou pour « opinions déviantes », il ne l'a pas supporté.

– De Moscou ?

Oui, Rivera avait séjourné presque un an en URSS en 1927. Invité pour le dixième anniversaire de la Révolution russe en tant que membre officiel de la délégation du Parti communiste mexicain. Il ne connaissait pas encore Frida, il la rencontrerait plus tard, peu après son retour à Mexico. *El gran revolucionario pintor* était aux anges, Moscou, c'était partir pour la Terre sainte. Il voulait faire une fresque pour le peuple russe. Ses opinions tranchées passèrent mal au Komintern ; comme il le raconta à Kahlo, il critiquait ouvertement l'art réaliste socialiste pour prôner un retour aux racines folkloriques slaves. Il fut renvoyé au Mexique. *Rápido*.

Les deux femmes savent pertinemment que Diego est devenu *persona non grata* aux États-Unis. Entre Ford à Detroit et Rockefeller à New York, il a réussi à se mettre tous les milliardaires américains à dos. Les couples Rivera et Rockefeller s'entendaient à merveille mais c'est une histoire de visage qui dynamita le bel ordonnancement.

Diego peint Lénine sur le mur du RCA Building. Un visage fort signifiant qui était absent des dessins préparatoires validés par le commanditaire. Feu aux poudres. Et effet domino. Fresque tuée en un coup de pinceau, cachée aux yeux du chaland par une lourde tenture. La prochaine prestigieuse commande à Chicago, annulée. Le *mural* à l'École des travailleurs sur lequel Rivera travaille encore ce soir, où Frida n'a rien trouvé de plus absurde à faire que des puddings pour meubler ce temps suspendu à New York, est uniquement un pied de nez. Une manière de contenir sa rage et de ne pas perdre la face. – Tu crois qu'ils vont la détruire, sa fresque du RCA Building ? demande Frida à Lucienne, comme on pose une question rhétorique à valeur de formule magique. – Je ne sais pas, Rockefeller n'est pas idiot, il sait que les intellectuels américains le conspuent déjà de la cacher derrière un rideau ; en détruisant le mur, il ferait de Rivera un héros opprimé. Tu te souviens de la tribune publique de Walter Pach au moment de la crise à Detroit : « Si l'on passe ces peintures à la chaux, rien ne pourra jamais être fait pour blanchir l'Amérique ! »

Lucienne et Frida étaient présentes sur le chantier quand les hommes de main de Rockefeller forcèrent Diego à cesser son travail et quitter les lieux, sans délai aucun. Frida tenta bien symboliquement de faire barrage de son corps pour que l'on ne puisse toucher au maître, ce qui permit surtout de faire diversion afin que Lucienne, toujours armée de son Leica, puisse discrètement prendre en photo le grand *mural* de Diego. Au moins cela. Qu'il reste une image. Et quand les tristes sbires confisquèrent l'appareil, ils n'imaginèrent pas que la pellicule avait été glissée *manu militari* dans le corsage de Lucienne Bloch. Chacun joue son propre jeu de cache-cache entre gens civilisés.

Cette fresque assassinée, ça la tourmente. Elle lève son verre de bourbon comme pour trinquer au ciel toujours vaste. – À Lénine ! braille une Frida sérieusement éméchée. Ça va faire presque quatre ans qu'on vit aux États-Unis, je ne comprends toujours rien à ce pays. À la tienne, Lucita ! Et à la santé de tous les fils de leur pute de mère ! Je crois qu'on devrait ajouter du bleu sur les puddings, non ? Il me faut de la tendresse !

– Pourquoi tu n'aimes pas l'Amérique ?
– Je ne sais pas. Parce qu'elle me vole Diego. Et puis les gringos passent leur temps à boire des petits cocktails en faisant des mines pincées de tous les diables, répond Frida en singeant des moues de snob.

Lucienne s'esclaffe.

– Mais ne ris pas, c'est la stricte vérité ! On a l'impression qu'on ne peut décider de rien dans ce pays sans avoir organisé une party pour boire des petits cocktails avant. On veut t'acheter un tableau ? Un cocktail. On ne veut plus te l'acheter ? Un cocktail ! On veut déclarer la guerre au reste du monde ? Un *fucking* cocktail ! Et les Américains se saoulent sans aucun humour. Ils ne savent pas être ivres. Ça vaut bien le coup de boire dans ces conditions !

– Tu les bois bien, ces cocktails, avec Diego, vous êtes toujours fourrés dans des réceptions.

– C'est pour ça que je les connais les Américains, je les ai observés de près. Moi, au moins, je bois pour faire rire la compagnie. Et puis si tu ne te montres pas dans les fêtes, tu n'es rien ici, c'est quoi ce pays, où on a l'impression qu'avoir de l'ambition c'est passer son temps à becqueter des petits-fours en smoking. Au Mexique, les gens sont fous, mais au moins ils font des fêtes qui sont des fêtes.

– Ça me fait penser à la tête des journalistes quand ils t'ont interviewée l'autre jour Frida ! « Madame Rivera, que faites-vous durant votre temps libre ? – L'amour ! » Et tu étais là couchée dans ton lit à sucer une sucette, mais tu veux distribuer des syncopes !

– Qu'est-ce que ça peut faire, Lucienne, après on vit, on souffre et on est mort. Alors choquer trois gringos journalistes qui ne savent pas comment remplir leurs colonnes ? Tu aurais voulu que je leur dise quoi ? Que je fais des puddings immangeables de mon temps libre pour un homme que j'aime plus que ma peau ? Que je suis retournée quatre fois voir *Frankenstein* au cinéma ? Que je n'arrive pas à avoir d'enfants ?

– Tu aurais pu leur parler de ta peinture pour commencer. Tu as remarqué qu'il y a des femmes de la haute qui copient tes tenues !

– Oui, elles ressemblent à des babas au rhum. Moi je cache mes jambes cramées, si j'avais des jambes de *movie star*, je les montrerais pour faire suer le cœur des hommes ! Elles ne comprennent rien. Ma peinture, elle n'intéresse pas le public. Elle est toute petite. Les pisse-copie voulaient que je radote sur Diego Rivera. L'épouse derrière le grand homme. Très original. Et puis, tu y comprends quelque chose toi à tous ces capitalistes qui veulent un peintre révolutionnaire communiste pour décorer leurs

murs ? Parce que c'est ça qu'ils veulent : du décorum, surtout pas de politique. Et qui après font les dégoûte-mignonnes ?
— Frida, nos puddings sont terminés.
Frida s'arrête, regarde l'appartement en chantier autour d'elle. La peinture qui s'étale sur leurs bras et leurs joues. La nuit dehors qui s'étend à l'infini grattée par l'ombre pointue des immeubles. Elle va chercher un grand plateau. Elle empile les gâteaux. Tous les gâteaux. Elle ouvre la fenêtre, regarde en bas et jette d'un coup sec tout le contenu dans les airs.
— Ça pleut du pudding à New York ! hurle Frida. *It's raining cakes, careful motherfuckers !* Comme c'est beau !
Allez cul sec *guapa* ! *Anyway*, Diego Crapaud ne rentrera pas ce soir.

Rouge électrique

Rouge nerveux éblouissant

Diego a encore perdu du poids. Il a mal aux yeux. Il est irascible, préoccupé et un peu cruel pour passer le temps. L'appartement new-yorkais se transforme en huis clos de mauvais théâtre où l'on étouffe et ressasse de constantes lubies. Frida veut quitter les États-Unis, c'est devenu une obsession, Diego ne veut pas en entendre parler. La dispute éclate, corvée de Sisyphe, on prend les mêmes arguments et on recommence encore et encore à se les envoyer à la figure, comme on étend le linge, machinalement. Chaque couple a ses pierres d'achoppement ; on presse un bouton, on allume l'orage. Pour vider la rancœur, croit-on, on remet sur le métier le tissu des discordes qui n'ont pas d'issue ; on dit les mots agaçants, on souligne les évidences, on gratte les plaies, on cherche le point de rupture. Un jeu malsain d'enfants. On joue à être bête, on joue à être naïf, on soulève les sujets cent fois évoqués, qu'on attaque par un angle nouveau, on s'affronte. Frida veut rentrer au Mexique. Diego veut rester en Amérique. Est-ce le véritable enjeu ? On a perdu l'enjeu, on ne l'a jamais su, on confond les douleurs et les raisons des douleurs, ou l'inverse, on cristallise. Ils sont ensemble depuis quatre ans, les Rivera. C'est peu et que c'est long. Frida joue à l'épouse. Diego n'a rien changé à sa vie, et pourquoi l'aurait-il fait ? Les femmes se coulent en lui sans condition. Lors d'échappées mélancoliques, Frida se souvient quand, petite fille, elle collait son oreille à la porte du salon pour entendre son père jouer au piano. Se rendant invisible, pour goûter le plus longtemps possible la posture d'espionne, comme dans l'amphithéâtre Bolívar où, cachée, elle regardait Diego peindre derrière une balustrade, voir sans être vue, entendre sans être entendue, petite femme qui cherche à percer le secret des hommes de sa vie. Mais est-ce que les petites femmes rêvent de comprendre les hommes de leur vie ou bien rêvent-elles d'être à leur place ?

Frida n'envie pas Diego, ne le jalouse en rien, parce qu'être Frida est bien assez, être Frida est déjà lourd et suffisamment amusant les bons jours. Pas de compétition entre eux. Diego a toujours poussé Frida à peindre, il est fasciné par son travail. Il admet chez Frida un don propre qui lui est étranger, avec d'autant plus de facilité que leurs univers d'artistes sont aux antipodes. S'il ne déteste pas avoir une épouse qui lui apporte des paniers-déjeuners décorés de dentelles, il n'en est pas moins naturellement féministe. Sa femme est son égal, sans discussion. Le grand peintre gavé d'honneurs n'aime rien tant que sa femme lui vole la vedette, par ses coups d'État lunatiques, ses tenues extraordinaires, son vocabulaire de charretier, son humour décapant et surtout son talent inouï à dire en images le déchirement de l'intime, et le sacerdoce de vivre, c'est-à-dire de ne pas mourir. Diego peint le monde entier sur des murs en cherchant un éclat transcendant. Frida peint le détail sur des toiles minuscules et ne cherche rien. Pourtant elle capture le monde entier. Ils ne s'aiment pas parce qu'ils sont peintres. Diego a été séduit par une poupée avec des couilles de *caballero*, qui peignait sans le savoir une *mexicanidad* vernaculaire augmentée par son regard unique. Une liberté violente aux couleurs nouvelles. Frida a choisi d'être choisie par l'Ogre. Elle voulait le plus grand, le plus gros, le plus drôle. Toute la montagne. Et maintenant ? Comment s'aime-t-on quand l'autre a cessé d'être impénétrable ?

Lucienne est là avec son mari, Stephen Dimitroff. Comme elle, il est l'assistant de Rivera. Ils sont venus déjeuner mais l'ambiance est oppressante. Quand on débarque au milieu d'une dispute de couple, on sent la tension dans les particules de l'air avant même d'avoir franchi la porte. Les Rivera prennent immédiatement leurs amis à partie. – Nous n'avons même plus d'argent pour acheter des billets de retour, lance Diego en toute mauvaise foi. Stephen assure que les amis peuvent se cotiser. Frida apparaît vidée. Cela fait des heures qu'ils fulminent l'un et l'autre. Et Diego, à bout de nerfs, se met à hurler – Tu veux que je retourne à ça, vraiment ? Et il pointe du doigt ses toiles de chevalet qui s'empilent contre l'un des murs de l'appartement. – Tu veux que je retourne à ça, Frida ? Diego se saisit d'une petite toile sur laquelle figurent des *nopales*, les cactus mexicains, qui s'installent dans un morceau de ciel. – C'est ça que tu veux ? répète-t-il en agitant la toile au visage de Frida, si proche et si brutal que Lucienne se demande s'il ne va pas écraser sa toile sur la tête de son épouse, en finir.

Briser sa peinture sur sa femme.
Briser sa femme sur sa peinture.
Alors Diego attrape un couteau de cuisine et poignarde le tableau, une fois, cinq fois, dix fois,

il ne s'arrête plus, et Frida se jette sur lui pour l'empêcher, et Lucienne se jette sur eux sans réfléchir, Frida crie en poussant son amie – Va-t'en, Lucienne, il va te tuer. La toile est en charpie, Stephen est paralysé, Lucienne à terre, et Frida s'accroche au dos de Diego, souricette rageuse sur son volcan. Diego ramasse avec fureur ce qu'il reste de ses cactus, se dégage de l'emprise de Frida et sort de l'appartement en claquant la porte, ses lambeaux de toile fourrés dans les poches de sa salopette.

Frida étourdie de pleurs se relève, cherche aux alentours une raison qui l'a quittée. Elle lisse un pan de jupon, touche sa poitrine, se ressaisit.

Alors elle se tourne vers ses amis, encore échevelée, et déclare avec calme – Très bien. Allons déjeuner maintenant. Vous avez faim, j'espère ?

III

Mexico – New York – Paris
1933-1940

Jaune

Folie, maladie, peur. Part du soleil et de la joie
Jaune verdâtre, davantage de folie et de mystère. Tous les fantômes portent des tenues de cette couleur, ou du moins des sous-vêtements.

Journal de Frida Kahlo

Jaune safran

Jaune piquant qui s'incendie vers le rouge

Frida range le nouvel atelier de Diego, elle déplace les statuettes précolombiennes, dépoussière avec douceur leur petite tête ronde et mystique, organise les flacons de pigment, les aligne, les classe par couleurs, elle déplace les immenses Judas de papier mâché qui ont l'air de somnoler paisiblement, allongés au milieu de la pièce. Elle ira demander plus tard de l'aide à son père pour les accrocher au plafond. Elle dispose les poteries comme des offrandes sur les étagères, nettoie des pinceaux oubliés dans les malles, fait brûler de l'herbe sainte pour imprégner les murs et les coussins des fauteuils. Elle n'aime pas l'odeur des endroits neufs, ce parfum sans histoire et déshabillé de souvenirs. Elle s'agite chez Diego pendant son absence pour qu'il y renifle un peu de Frida dans les coins et les armoires, que le chevalet ancré au centre de l'atelier regagne de son charme et de ses séductions. Dans la salle de bains attenante elle embrasse le miroir en se mettant sur la pointe des pieds pour que la trace de rouge à lèvres trouve à se superposer au reflet de la bouche de Diego, même s'il se regarde rarement dans la glace. Elle s'arrête un instant devant les toiles de son mari posées contre le mur, pour l'essentiel des visages de femme. Elle note pour la première fois une lueur extatique, elle est dérangée par le vide et l'abandon de cette extase, qui dit bien plus du désir masculin que n'importe quel miroir de leur âme, alors elle sort prestement en empruntant la passerelle suspendue entre le toit de la maison de Diego et la terrasse de la maison d'en face, sa maison à elle.

Les travaux sont presque finis, leur ami architecte Juan O'Gorman a travaillé avec ardeur pendant qu'ils étaient aux États-Unis. Leur nouvelle maison se trouve non loin de Coyoacán, à San Ángel, avenue Altavista. O'Gorman a imaginé des verrières pour faire tomber une averse de lumière dans l'atelier de Diego, avec une palissade de cactus tranquilles qui dissimule ces deux habitations qui se font face et se regardent, la grande rose et la petite bleue, liées et distinctes, comme une réponse astucieuse à l'impossible équation du couple, vivre ensemble mais pas trop.

Ils sont rentrés depuis quelques mois à Mexico et Diego ne décolère jamais.

Il ne veut plus peindre, laisse traîner les commandes quand il ne les refuse pas. Il ne répond plus aux courriers, perd les factures, sème l'argent qui tombe de ses poches, il déteste Frida.

Après avoir appris que son *mural* du Rockefeller Center avait été réduit en miettes, encaissé ce choc que représente un an de sa vie disparu, il a exigé un lieu pour reproduire la fresque maudite. Le gouvernement mexicain lui a proposé le deuxième étage du palais des Beaux-Arts – la gauche, ici, est revenue au pouvoir avec l'élection de Cárdenas. Et puis il ne veut plus ; on lui offre les murs de l'École de médecine, cela ne l'intéresse pas non plus, il doit finir l'escalier du Palais national laissé inachevé, cela l'irrite, il pense qu'il a tout raté, sa carrière, sa vie, alors il détruit ses tableaux, entre dans des rages folles, récrimine contre tous, maltraite ses amis. Il séduit les femmes jusque sous le nez de Frida, n'hésitant pas à en embrasser certaines à pleine bouche à la fin des dîners trop arrosés, laissant toute la gêne et la bave à ses conquêtes d'un soir qui n'osent croiser le regard de l'épouse, et qui se demandent en leur for intérieur à quel moment elles ont autorisé le grand peintre à les ravir ainsi aux yeux de tous. Frida oscille entre colère et dévouement. Son gros enfant boudeur et déprimé, c'est son affaire, son fardeau. Elle ouvre et répond comme elle peut aux courriers en souffrance. Face aux innombrables piles de lettres non décachetées, elle achète un classeur alphabétique pour trier ce fatras, mais vite enfourne la majeure partie à la lettre P. *Por contestar*, à répondre... Elle choisit dans le tas des morceaux flatteurs pour en faire la lecture à Diego – Écoute, c'est ton ami critique Élie Faure qui t'écrit de Paris, il dit que tu as eu raison de ne pas céder pour la fresque de Rockefeller ! « Hourrah pour le succès de ton action ! La gloire artistique d'un Matisse ou même d'un Picasso ne compte pas à côté des passions humaines que tu suscites, et il n'y a pas à cette heure de par le monde un autre peintre qui puisse en dire autant. »

Elle multiplie les attentions, les invitations inconscientes à la légèreté, à la joie, *alegría*. Elle fomente des fêtes où l'on chante et se déguise tout en tenant ferme la barque du quotidien : elle répond au téléphone, elle accepte les commandes pour son mari *pintor*, dessine des stratégies de retour à la vie, elle ne s'offusque de rien, affiche le sourire accidenté de ceux qu'on ne peut plus atteindre si facilement, ceux qui ont gagné à la lutte d'autres rives que l'immédiate douleur des fureurs sentimentales.

Et puis elle n'invite plus personne, annule les fiestas et s'emporte pour un détail, elle hurle à la face de son *alter* son humiliation et son désespoir. Elle ne veut plus être sa bonne ni son assistante, ils n'ont plus d'argent et ils n'ont plus d'amis, elle s'exaspère qu'il considère le Parti communiste comme une mère envers laquelle il doit perpétuellement faire ses preuves, elle le trouve hypocondriaque, cruel, égoïste et injuste. Et puis, il n'a jamais voulu d'enfants avec elle. Soudain, il est responsable de tout, il n'est délicat de rien, il l'entreprend pour faire l'amour sans égard, et puis il ne la voit plus et puis il s'évapore. Ce n'est pas qu'il la prenne qui la gêne, c'est qu'il disparaisse après. Pour d'autres coïts. D'autres lèvres, d'autres jambes et d'autres bouches. Elle est large d'esprit, sait placer le sexe à sa juste et incognoscible place – échange de cris, échange de crise – mais se figurer l'accumulation, le corridor sans issue de jambes ouvertes, parfois, arrache un peu trop la fine peau autour du cœur. – Non, Diego, ce n'est pas ma faute à moi si nous avons quitté les États-Unis – Non, ta peinture n'est pas un ramassis de rien.

Et moi Diego ? Et moi ?

Être acrimonieuse, aboyer, contester, c'est une porte pour la perte. Elle veut que Diego l'aime parce qu'elle l'enivre. Une absence de foi, c'est cela pour elle. Ne plus croire en Diego est une entorse à sa religion, un moment effrayant de doute métaphysique. Faire le pari de Diego, c'est jouer une harpe pascalienne désaccordée. Rien de tangible ne peut lui prouver la justesse de cette dévotion. Mais elle croit. Faites vos jeux, on prend les paris, rien ne va plus.

Frida ne peint pas une toile, elle n'y prête pas attention, elle ne constate même pas qu'elle a cessé de travailler, n'ayant jamais considéré vraiment sa peinture comme un travail, sa peinture-refuge. Elle est toute Diego, tout espoir qu'il cesse d'être furieux ; quand elle est malheureuse elle le cherche, elle s'enfuit en lui, elle l'embrasse, le touche, s'enveloppe autour de son ventre, mais plus Diego va mal, plus il apparaît que Frida l'importune et l'excède, comment évaluer la distance adéquate ?

Ils n'ont déjà plus qu'une passerelle entre leurs deux maisons.

Jaune beurre frais

Jaune pâle qui sent le givre

Frida prend de plus en plus souvent ses quartiers chez ses parents. Repli stratégique, hors de la vue de Diego. Non pas qu'elle souhaite un instant être loin de lui, mais elle se force à décamper en espérant secrètement que son absence lui ramènera la tendresse du géant contrarié. Tant que l'on reste debout à hurler des malédictions à la face de l'autre – Tu vas me perdre, tu vas me perdre, et ce sera terrible pour toi ! L'autre sait qu'il ne vous perdra jamais.

Elle se réfugie dans cette maison que son père a construite à Coyoacán, peu avant sa naissance, la maison où elle est née.

Frida vient de la faire peindre en bleu. Un bleu ensoleillé et radiant. Un bleu qu'elle a choisi si vif qu'il promet toutes les tendresses et toutes les mers. Et puis ça fera fuir le mauvais œil. Son père veuf y vit maintenant avec Cristina et ses deux enfants Isolda et Antonio, que Frida chérit et gâte comme s'ils étaient les siens. Cristina, la petite sœur de Frida, presque jumelle, a été plaquée par son mari brutal juste après la naissance du deuxième, évanoui depuis dans la nature. Cristina qui la recueille, bien trop au fait elle-même des bouillantes douleurs d'amour, sa sœur qui la coiffe, lave ses robes, lui fait à manger, lui confie la chaleur de ses deux enfants ; la sœur âme sœur.

Sa jambe et son pied droit la font souffrir à nouveau. Marcher se transforme en supplice. Les médecins envisagent de lui couper le pied, au moins quelques orteils, suggère-t-on avec calme comme s'il s'agissait de déloger les derniers fruits d'un arbre pourrissant.

C'est Cristina qui fait l'intermédiaire, car Frida ne veut plus en entendre parler.

– Ils estiment un mois de repos pour te remettre de l'opération, Frida. Un mois, c'est tout.

– J'ai l'impression que vous êtes ravis, tous, de me renvoyer à l'hôpital ! Toi, papa, Diego ! Vous voulez m'enterrer vivante !

– On fera ce que tu veux, Frida. Comme toujours.

– Qu'est-ce qui est le plus difficile, Cristi ? Que je souffre, ou que je vous inflige à tous le spectacle de mes souffrances ? Pour qui est-ce difficile ?!
– Tu es injuste. Je ne cherche qu'à t'aider.
– Et Diego ? Je ne l'ai pas vu depuis une semaine. Penses-tu qu'il me rendra visite à l'hôpital ? Non. Parce qu'il s'est remis à peindre. Et je lui fais confiance pour avoir retrouvé une poignée d'assistantes à baiser pour la pause.
– Je l'ai vu hier, Frida, je suis allée voir Diego pour l'aider à l'atelier comme tu me l'as demandé. Il ne m'a parlé que de toi. Il semblait perdu. Je lui ai dit que les douleurs t'avaient reprise. Il m'a demandé si toi aussi tu travaillais, si tu peignais.
– Comment pourrais-je peindre, mon Dieu, Cristi ! J'ai même mal aux ongles. J'ai mal aux cheveux, aux paupières, j'ai mal aux doigts, j'ai mal à la respiration !

Frida a vingt-sept ans et le sentiment qu'elle n'a rien fait de sa vie, absolument rien.
Et elle refuse tout net qu'on touche à ses orteils.
Cristina regarde sa sœur Frida, la sœur qui a fait un grand mariage avec un peintre célèbre, la sœur qui a vécu des années à *Gringolandia*, qui a fait la fête et dansé avec les *movie stars*, qui

a pris l'avion et le bateau, qui fait des grands dîners chez elle pour Dos Passos, Pablo Neruda et Eisenstein. La sœur qui est allée à la *Preparatoria* et peint des tableaux beaux comme le tranchant des pierres. La sœur préférée de leur père, qui lui a appris les sports de garçon et le procédé de la photographie. Cristina, elle, n'a jamais quitté Mexico. Elle élève seule ses enfants, s'occupe de son père mélancolique, panse cette sœur affligée.

Frida lui a montré une toile qu'elle a peinte à New York. Depuis, cette image la harcèle. En son centre, Frida est sculpturale, juchée littéralement sur un socle de vestale, elle porte une somptueuse robe de bal d'un rose blanchi, le rose précieux des dentelles fines, de longs gants habillent ses bras fins, aux doigts elle porte une cigarette et agite le drapeau mexicain. À droite de Frida, surgit l'Amérique, hérissée d'ampoules, de gratte-ciel, d'usines fumantes, de tuyaux de turbine qui s'enfouissent dans la terre. À gauche s'élève le Mexique avec ses pyramides écrasantes, ses fleurs survoltées et carnassières, dont les racines nourrissent la terre, la cohabitation charnelle du soleil et de la lune, la mort qui grimace et le sexe voluptuaire des femmes. Les deux lèvres comme portes battantes vers le Grand Invisible.

Frida représentée au centre des mondes a semblé une vedette pour Cristina, une apparition fabuleuse. Sur le socle statuaire est écrit : *Carmen Rivera*. Cristina a demandé pourquoi ce nom. – C'est ce que je suis là-bas, Cristi, une autre, une invention de colosse, la femme de Diego Rivera.
Cristina aurait bien aimé être une autre, elle aussi.
Voir ce que ça fait de s'échapper de soi.
Quand sa sœur Frida s'est mise à peindre après son accident de bus, un des premiers portraits qu'elle a entrepris était son portrait à elle, Cristina. Elle avait été si flattée. Elle aimait ça, poser pour sa sœur, qui ne pouvait pas encore remarcher. Elle ne s'est jamais vue aussi belle que sur ce tableau. Frida disait – Je vais te faire en Botticelli !

Elles sont dans le jardin de leur maison bleue, là où Cristina posait en robe blanche dix ans plus tôt pour être peinte, ce jardin où, petites, elles jouaient à la cachette des oubliées. Chacune à son tour, elles étaient la princesse délaissée par son amant, enfermée dans une prison figurée par le grand cèdre du patio. Une variante de la légende de Popocatépetl et Ixtaccíhuatl. La princesse se lamentait pendant que l'autre jouait l'amant guerrier revenu pour délivrer la belle.

L'arbre s'est transformé en *cachette des oubliées*.
Oui, Cristina est une belle fille, elle le sait, elle a toujours eu plus de succès que Frida et que leurs autres sœurs, elle est plus féminine, plus arrondie. Sur les photos de famille, Cristina occupe la place centrale, voluptueuse, lumineuse de la douceur éthérée des visages parfaits, Frida se tient debout sur le côté, en pantalon, piquante, avec son petit air crâne de garçon.

Frida confabule de Diego, de ses douleurs, proteste et revendique, mais ce dont elle ne parle pas c'est de sa dernière grossesse alors que son corps en porte les stigmates. Elle a dû se faire avorter peu de temps après son retour au Mexique, il a semblé aux médecins encore une fois qu'elle ne pourrait pas supporter la gestation. Elle n'en a parlé à personne d'autre qu'à elle, Cristina, pas même à Diego. Frida lui a alors raconté sa fausse couche à Detroit. Le sang, cette crue du sang, son amie Lucienne hurlante, les morceaux de fœtus, le marteau qui frappe entre les jambes et qui remonte jusqu'à la gorge, l'hôpital, son plafond multicolore et, enfin, cette insoupçonnable gentillesse de Diego. Elle ne pourra jamais porter un enfant jusqu'au bout. – C'est bien simple, Cristi, j'envisage de ne plus coucher qu'avec des femmes pour cesser de me retrouver dans cet état, non ? Cristina sait que Frida dit cela pour la choquer, mais surtout parce que choquer l'autre c'est encore rire, la boutade fait résistance, Cristi l'a accompagnée pour l'avortement, puis elles n'ont plus évoqué l'événement.

Murmures de chagrin en contrebande.

– Je pensais qu'en revenant au Mexique, tout allait s'arranger, Cristi. Une épiphanie. Je croyais que Mexico était un philtre magique. Je croyais qu'il y avait une sorte de fantôme de Diego que j'avais laissé ici, et qui m'attendait sagement. Comme si le Mexique et les États-Unis étaient des dimensions qui ne cohabitaient pas. J'aurais rangé mon gentil maestro dans une armoire douce de naphtaline en partant, la version mexicaine tout du moins, et, à mon retour, il serait ressorti frais comme le fou magnifique que j'ai rencontré ici. Tu comprends ce que je veux dire ?

– Je crois, oui. Mais, vois-tu, je pense que dans ton armoire tu aurais de toute façon rangé l'idée de ton maestro. Et pas Diego.

– Pourquoi la gloire au Mexique serait-elle moins brillante pour Diego Rivera que la gloire aux États-Unis ?

– Il a déjà conquis le Mexique, Frida.

– Moi aussi il m'a déjà conquise, Cristi.

Les voilà aujourd'hui, les deux sœurs, dans le jardin de leur père, devenu plus taciturne avec les années, à boire un café à la cannelle, deux

épouses sans leur mari, à chercher une trace d'ombre sous l'arbre de la cachette des oubliées.
 – Le café est trop sucré.
 – C'est toi qui as forcé sur la cannelle.
 – C'était pour te rappeler le goût du Mexique.

Jaune sable

Jaune qui crisse

Diego a une liaison avec Cristina.
Cristina a une liaison avec Diego.

Frida ne sait pas dans quel sens on peut ajuster cela.

Jaune soleil

Jaune fort, tapageur, aveuglant

Son appartement est bondé, c'est portes ouvertes chaque jour de la semaine ! Tout le monde est invité, les bien habillés et les pauvrets, les grincheux et les poètes, pour entrer chez Frida, il suffit de descendre un verre sans le casser. *Bois la mezcalette et la bobinette cherra.* Alors, *güey*, tu fais partie de la famille. Frida boit noir, elle boit pour estomper le contour. Elle la sent bien sa notoriété à elle, tout ce monde qui l'adore parce qu'elle est la plus folle, c'est si drôle la pagaille quand il fait nuit, elle n'a plus mal. Son pied, son dos, son sexe, sa tête : continents lointains dans ce corps imbibé dès potron-minet. Tu me veux légère comme un colibri et tu as raison, *mi hermano*, rien ne m'attache. Sais-tu que le colibri ne peut pas marcher, parce que c'est le seul oiseau qui parvient à voler en arrière ? Ça ne t'intéresse pas et c'est normal car on ne se connaît pas. Et pourtant tu es mon invité. Je ne peux pas marcher, mais je peux danser avec toi quand je me tue à la tequila alors qu'importe, tu veux prendre ton aller-retour en ahanant entre mes cuisses ? Sers-toi, mes jambes sont mortes depuis longtemps, fais pleuvoir ta transpiration sur mon front, ça mouillera mes larmes, ça me donnera le spectacle de l'amour et puis c'est gratuit. La honte c'est pour les gens qui ont quelque chose à perdre, non ? Qui ont peur de leur image ; *le reste, c'est de la littérature*. Moi, mon image je me la coltine depuis cent tableaux, je ne me mens pas, ces yeux qui me fixent, je ne sais pas si ce sont vraiment les miens, ça me donne le vertige d'y penser, d'imaginer le cerveau, pâte molle, qui habite derrière ces yeux. Je bois, je rote, je tombe, je ne suis pas ta poupée aux jupons cousus. Je suis un squelette maigre avec des cheveux longs, en attente. Mets-toi à table, ici, c'est la *pulqueria* des gens qui ne rentrent pas chez eux, des désaxés nés du mauvais côté de la lune. Et la lune, moi, je vais la chercher au fond du verre.

Elle finit les nuits en chantant à se faire péter la gorge et maudire par ses voisins. – Et quoi, *cabrón* ? hurle-t-elle par la fenêtre. Je te pose un problème ? Viens ici, je n'ai pas peur, viens me chercher, *hijo de la madre chingada* ! Que m'importe d'avoir des jambes si j'ai des ailes pour voler ?!

Mais quand est-ce que je pars d'ici, c'est quand la fin ? pense-t-elle, parce que, quand on a trop mal d'être vivant, on sait tout de même qu'on peut encore mourir.

Et elle peut s'effondrer.

Grâce du trou noir éthylique.

Frida a déménagé au centre de Mexico, 432, avenue Insurgentes, loin de San Ángel où vit Diego et loin de Coyoacán où vit Cristina. L'avenue des Insurgés. Elle a laissé derrière elle toutes ses affaires ou presque, abandonné ses robes, ses peignes, colliers, boucles d'oreilles et colifichets, lâché ses tableaux, sa peinture, ses outils, ses livres. Et ses poupées, ses boîtes, ses poteries. Tout le fatras qui lui faisait tant plaisir. Elle sait que son rapport aux choses est obsessionnel, névrotique. Frida crée une âme à chacun de ses objets en les possédant, en traduisant leur mutisme en histoires. Comme les enfants avec leurs jouets.

Même ses robes préférées. Ces tenues des femmes de l'isthme de Tehuantepec que Frida a adoptées, et qui sont devenues sa seconde peau. Elle a commencé à les porter quand elle s'est mariée avec Diego. On raconte que le peuple

Tehuana de la vallée d'Oaxaca a gardé une culture matriarcale qui lui viendrait de ses origines zapotèques. Cela plaît bien à Frida. Les femmes tehuanas organisent les affaires, elles sont chefs de famille et *tiennent* les marchés. Des femmes fortes et émancipées dans des robes sublimées. Les jupons prennent mille couleurs, vert dragée, orange pétard, rouge brasier, noir basalte piqué de fleurs chamarrées et leur bas est orné d'une mousse de dentelles blanches, ils sont surmontés de chemisiers brodés de motifs floraux et géométriques, les *huipiles*, dont la taille varie jusqu'à se transformer en longues tuniques immaculées.

Frida les a laissées là-bas à San Ángel. Avec son parfum et son dévouement conjugal.

Elle y a aussi laissé ses cheveux.

Cette longue chevelure adorée par Diego. Qu'il aime toucher, humer, empoigner, tirer et caresser. Et qu'est-ce qu'il tire fort quand il baise. Ça fait mal. Une corde. Qu'elle coiffe pour lui avec toujours plus de rubans et de fleurs. Elle a pris des ciseaux, a saisi fermement les poignées de mèches et elle a tout coupé. Clic-clac-clac, larmes, larmes, larmes, terminé Frida Rivera. En trois coups.

Au feu la femme !

Avec elle, elle n'a emporté que de vieilles chemises sales de Diego pour les respirer, ses livres de Walt Whitman – *Je suis trahi, Parle sans raison, perds la tête, à moi-même mon plus grand traître*, elle a pris son petit singe Fulang Chang et un stock de tequila suffisant pour noyer tout Mexico-Tenochtitlan. Alejandro, son vieux *novio*, l'a aidée à trouver cet appartement de l'avenue Insurgentes.

Ils sont toujours restés amis, Alex et elle. Frida n'a jamais pu balayer les gens de sa vie, elle a peur du vide. Après sa rechute de l'Accident, leur feu s'est éteint. Alejandro est parti poursuivre ses études en Europe, et elle a rencontré Diego. Ce feu d'adolescente lui paraît tout falot à présent, mais Alex reste le premier *novio*, ce qui lui confère, à ses yeux, ce charme des photos anciennes et gentiment floues.

Elle veut le divorce, non, elle veut qu'il souffre du manque d'elle et qu'il supplie, non, elle ne veut plus jamais croiser sa face de fils de pute, de mangeur de chattes, si, elle veut, elle voudrait juste qu'il se mette à sa place, qu'il ressente le chien dans son ventre qui grignote ses viscères, toute la nuit et tout le jour, elle ne sait plus.

Elle les a vus. Cristina et Diego. Jamais elle n'aurait pu croire cela si elle ne les avait pas vus.

Elle a d'abord entendu les gémissements des bêtes en rut, râles de Diego qu'elle connaît par cœur. Elle venait le voir à son atelier, à l'improviste. Ils ne s'étaient pas croisés depuis plusieurs jours, il n'avait pas cherché à prendre de ses nouvelles. Elle voulait lui parler de l'opération qu'elle avait acceptée. Couper ses orteils, d'accord, si ça pouvait lui permettre de remettre sa tête dans l'axe. Mais il fallait de l'argent, et puis elle voulait qu'il la console – Frida, je t'aimerai encore plus sans doigts de pied ! Elle est entrée par l'escalier extérieur, la porte n'était pas fermée, elle est arrivée sur la mezzanine qui surplombe l'atelier, qui offre un spectacle de scène de théâtre, c'était une fin de journée au temps gris, les lumières n'étaient pas allumées, alors elle a entendu ses râlements à lui, ses couinements à elle, de femme excitée, son ventre s'est glacé, tempes qui vibrent, souffle court, Frida n'a plus pensé à rien, rideau, attaque, panique, outrage, elle aurait voulu faire marche arrière comme les colibris, mais elle fut gagnée par la mauvaise joie du voyeurisme, le guet-apens masochiste. Autant elle connaît les tromperies de son mari, mais les voir, y assister comme à la messe, c'est d'une tout autre ampleur, alors oui elle s'est penchée et elle a regardé.

Pantalon tire-bouchonné, grosses fesses remuantes, jambes de femme écartelées, l'amour vu de l'extérieur retrouve de sa simplicité. Et puis son grand *pintor* s'est un peu redressé, suffisamment pour que Frida voie le visage grimaçant de sa belle.

Elle est repartie, sans faire de bruit, en volant en arrière comme le colibri.

Jaune réséda

Jaune tiédi et âcre, une chanson romantique

Frida est de retour à New York. Sans Diego. Elle vient d'arriver, avec ses amies Anita Brenner et Mary Sklar, et le trio a été accueilli avec effusion par une Lucienne Bloch qui ne s'attendait pas du tout à ce débarquement. Frida est tombée dans ses bras.
Le voyage s'était décidé de manière inopinée. Lors d'un dîner qui se prolongeait dans la nuit à Mexico, Frida s'était intéressée particulièrement à un des convives, un jeune pilote de Stinson – avion léger de tourisme –, quand celle-ci claironna vers trois heures du matin à ses amies
– Demain on part pour New York, je nous ai trouvé un chauffeur !
Anita et Mary étaient gentiment éméchées, et trouvèrent l'idée épatante. Le jeune homme,

sous le charme des trois amazones, se laissa réquisitionner, docile.

Anita est une amie de longue date, elle et Frida se sont rencontrées à l'époque des fêtes dantesques chez Tina Modotti. Intellectuelle passionnée de culture mexicaine, elle a travaillé avec Tina à l'émergence du concept de renouveau artistique en écrivant sur le travail des muralistes. Elle connaît très bien Diego, qu'elle admire, mais elle a pris son parti à elle : depuis la séparation du couple Rivera, elle protège Frida qui part dans le décor.

Quand Frida a découvert le petit engin volant sur le tarmac de la toute nouvelle compagnie Aeronaves de México, elle a un peu dégrisé. Le Stinson conçu pour quatre ou cinq passagers est un bijou de mécanique, mais sa frêle armature peut apparaître minimaliste aux yeux du profane.

— C'est un jouet pour enfants ? a persiflé Anita.

Le pilote, Manuel, fier de son appareil, a rétorqué qu'Al Capone possédait le même. Il faut croire que cela a suffi à ne pas ajourner le projet.

— Tu ne te figures pas l'odyssée ! raconte Frida à Lucienne avec force gestes et émotions, accoudées au comptoir du Brevoort Hotel. On a failli s'écraser je ne sais combien de fois. Je ne remonte jamais dans cette coquille en ferraille !

Mary trouvait ça grisant – cette folle. Et Anita qui chantait en boucle *I Only Have Eyes For You* en me serrant la main. On a dû atterrir six fois en catastrophe ! Quand tu es en vol, le bruit est tellement fort et les vibrations si intenses que je sentais mes côtes danser dans mon thorax. Au bout de trois jours d'atterrissages et décollages à ce rythme, j'ai décidé qu'on abandonnait Manuel et qu'on finissait le voyage en train. J'avais la sensation de revivre l'Accident.

– C'était ton idée, Frida, je te rappelle ! précise Mary. Tu avais passé la soirée du dîner à ensorceler le beau Manuel.

Et les voilà ce soir, quatre femmes à Harlem.

Quatre brunes, des *FW* comme dit Frida – *Fucking Wonder*. Cheveux crantés, robe charleston, sauf une en complet-cravate et veston, Frida aux cheveux courts habillée en homme. Avec une veste en cuir. Elles ont décidé de sortir repeindre la nuit en violet. Elles veulent du jazz et de l'alcool fort. Lucienne a proposé le Cotton Club. Elle y a vu jouer Duke Ellington, il y a quelques années, c'était en pleine prohibition, on s'en mettait plein le cornet sous les tables. – *What is jazz, really ?* lance Frida à ses compagnes. Elle en a déjà entendu lors de son séjour américain, mais Frida ressent le besoin de reprendre l'origine des choses qui l'entourent et de mettre des mots dessus, comme on peut se demander un beau matin au soir de sa vie : *Mais c'est quoi l'amitié, c'est quoi le temps ?* Trouve-moi des mots pour me le dire simplement. Lucienne répond – Le jazz, c'est comme une vague, mais au lieu de refluer elle te submerge et, à la fin, tu jouis très fort. – Oui, dit Anita, c'est une syncope collective sans Dieu ! Mary rigole et conclut – C'est le swing baby ! Et Frida, candide, comme un enfant qui emboîte les questions existentielles à la manière de poupées russes – Mais c'est quoi le swing ?

Lucienne ne répond pas. Elle lui coule un regard profond.

– Tu es partie de New York avec une robe mexicaine à faire fraîchir le soleil, des cheveux longs enrubannés et fleuris. Et te voilà aujourd'hui, un vrai garçon. Une Frida à la recherche d'une autre Frida.

– Ça me fait penser à un de mes tableaux sur lequel j'ai peint Manhattan. J'ai représenté une de mes robes suspendue sur un fil par un cintre... À l'époque, Diego peignait la fresque pour Rockefeller.

– Je me souviens, Frida. Le fil est accroché d'un côté à un trophée et de l'autre...

– À une cuvette de toilette en faïence blanche, oui. C'est la seule fois de ma vie que j'ai fait des collages sur une toile.

– Pourquoi penses-tu à ce tableau ?

— Je voulais rentrer au Mexique, c'était la guerre avec Diego. Cette robe vide, c'était moi et pas moi. C'était ce qu'on décide d'être aux yeux des autres, jusqu'au moment où on a perdu de vue qui on est vraiment. Aujourd'hui, je ne sais plus…
— Tu ne sais plus où est suspendu le costume de Frida Kahlo ?
— Allume-moi ma cigarette s'il te plaît, Lucita.

Au Cotton Club, Lucienne se fraie un chemin avec Anita pour trouver une table. Sur scène, des danseuses nues énervent la température, la musique endiable des couples acrobatiques. Frida s'étonne, il y a des Blancs en goguette partout, mais pas de Noirs, sauf sur scène ou au service.
— On n'est pas à Harlem ici ?
— Les Noirs ne sont pas autorisés en tant que clients, Frida.
— Tu plaisantes ? Et les Juifs, ils sont admis ?
— Tu as raison, on se casse, allons au Savoy.

Au Savoy Ballroom, Lucienne et Frida se sont assises à l'écart, pendant que les deux autres, Mary et Anita, écoutent le *band*, hypnotisées, les bouteilles de *cheap* bourbon arrivent jusqu'à elles, à intervalle inquiétant de métronome.

– Quand vous êtes repartis pour le Mexique, je pensais que vous alliez vous retrouver, Diego et toi. Ta lettre Frida… J'en ai pleuré… Et Cristina, quelle putain.

– Pourquoi, Lucy ? D'une étrange façon, je me sens presque plus proche d'elle. Comme si nous partagions le même secret à présent, comme si nous avions vécu la même catastrophe.

– Vous vous parlez encore ?

– Au début, non. Je ne pouvais pas. Je me suis enfuie, j'ai acheté un petit appartement avec ce qu'il me restait dans le centre de Mexico. Je n'ai plus un rond. Évidemment, hors de question de demander de l'argent à Diego. Mais à présent oui, je la revois Cristi. Je crois qu'elle était plus triste que moi. Le grand ventripotent a fondu sur elle comme un dieu lubrique, qu'est-ce qu'elle aurait pu faire ? Tu crois qu'elle aurait pu dire *non merci* ? Quand tu es choisie par Diego, tu as l'impression de respirer plus haut que les autres. Et puis il a cet art d'insinuer que rien n'est si grave, après tout.

– Mais lui, qu'est-ce qu'il t'a dit ?

– Que la fidélité était une convention bourgeoise.

Frida éclate de rire, comme on couvre bruyamment une indécence. Lucienne la dévisage avec des yeux ronds.

– Pourquoi je ne rirais pas ? C'est amusant, non ? Le fils de pute. Il est unique.

Frida fait un signe au serveur, elle veut une autre bouteille. Elle est calme et en transe en même temps. Lucienne regarde, avec un mélange de terreur et d'admiration, cette petite chose fluette engloutir son verre.

– Comment peux-tu tenir avec autant de whisky dans le sang ? Tu pèses quoi, quarante-cinq kilos ?

– Je bois pour noyer ma peine, ma belle Lucita, mais cette garce apprend très vite à nager.

– Pourquoi Diego a-t-il choisi ta sœur ?

– Pourquoi pas, non ? Elle était là, elle est séduisante, elle est seule. Elle est fascinée. Comme toutes les autres, quelle différence ? Tu crois que c'était une manière de me faire encore plus de mal ? Peut-être, je n'arrive pas à y réfléchir. Il y a des blessures qui te changent pour toujours. Est-ce que j'ai envie d'être changée ? Non, je n'en ai pas envie. Qu'est-ce que je peux y faire ? Je me dis que ces blessures-là, tu les incorpores, tu les dissous en toi, comme si tu les mélangeais à tes os. Et alors tu parviens à rester un peu la même. C'est comme un jardin que tu visites après plusieurs années, un jardin que tu connaissais par cœur enfant, parce que tu y jouais tout le temps. Tu rentres et tu cherches ce qui y a changé.

Rien n'a changé. Il y a les mêmes oiseaux, l'odeur des roses est intacte, et les arbres sont toujours là. Toi tu es juste plus proche de la mort.

– Où est Diego maintenant ? tente une Lucienne effarée, qui préfère poser des questions pragmatiques quand la terre tremble.

– Il est resté à San Ángel. Je pense qu'ils continuent de se fréquenter avec Cristina. De baiser. Diego fait ce qu'il veut. Le dieu Diego exige la liberté totale.

– Est-ce qu'il peint ?
– Oui, il a recommencé ses fresques.
– Toi ?
– Moi ? Moi quoi ? Moi rien, moi je ne suis rien, Lucy.
– Tu n'as rien peint depuis un an ?
– Un tableau !
– Qu'est-ce que c'est ?
– Une femme qui vient d'être assassinée de dizaines de coups de couteau. Elle est allongée sur un lit. Toute nue. Sauf une chaussure à talon. Et un bas à dentelles… Son meurtrier se tient à côté d'elle, couvert de sang. J'en ai mis partout, même sur le cadre. Ça éclabousse !

Anita vient chercher Frida pour l'attirer vers la piste, elle se lève digne et perdue, elle prend une gorgée de la flasque qu'elle cache sous sa chemise. Recette personnelle dont elle emplit d'innocentes bouteilles d'eau de Cologne.

– Mon tableau, je l'ai appelé *Quelques petites piqûres*. Caustique non ? Tu sais ce que j'ai ressenti quand je les ai vus Diego et Cristina ensemble ? – Non, murmure Lucienne. – Tu vois les sacrifices humains des Aztèques… Frida fait de grands gestes de tripes qu'on arrache. Graphique. – Quand le prêtre arrache le cœur chaud et palpitant de la poitrine ? Voilà, glisse-t-elle en riant à Lucienne Bloch avec un sourire baroque, avant de se laisser entraîner par son amie. Comment danse-t-on parmi les volcans ? Au-dessous ?

La copine Anita, inclassable Anita Brenner, nez en bec d'aigle, yeux élargis de peuples anciens, sourcils étirés au crayon brun et moue de déesse grecque – elle aussi ressemble à un homme dans ce bastringue, tire Frida par le bras pour l'arracher à sa discussion et à sa pile de verres bus. Mais avant de la suivre, Frida se penche vers Lucienne et murmure à son oreille un très grand secret – Un soir, c'était fini pour moi, Lucy, j'avais décidé que c'était fini. Tu sais ? *¿Entiendes? Terminado Frida Kahlo.* Et puis j'ai tout vomi, et puis j'étais encore là.

Frida bredouille, les yeux clairs-obscurs, puis se laisse emporter vers la piste. Les deux femmes chaloupent doucement au milieu des corps bondissants. Frida cherche ses mots, elle veut dire quelque chose d'important, elle se rapproche de Lucienne.

— Le problème c'est que Diego veut être aimé du monde entier et du siècle.

— Et toi, Frida ?

— Moi, je veux être aimée de Diego Rivera.

Jaune éclipse

Un dernier rayon plus intense
que les autres avant le noir

Frida écrit à Diego. Elle voudrait que sa lettre parte d'ici, de *Niouyork*, même si, dans quelques jours, elle sera de retour à Mexico, à Coyoacán, qu'elle pourrait aller trouver son mari, la lui donner en main propre, ou simplement lui dire tous ces mots qui discutent en elle, mais non, il vaut mieux lui écrire et que cette lettre vienne d'ailleurs, d'une Frida heureusement éloignée, indépendante, autonome, nimbée de mystères, que cette lettre arrive d'une ville qu'il a tant aimée, tout lui dire, qu'il lui manque plus que le goût de vivre, oui peut-être a-t-elle été idiote de lui en vouloir ainsi, lui dire qu'elle a pardonné à Cristina. Qu'elle n'est pas si jalouse qu'il peut le penser. Elle voudrait écrire qu'à New York elle s'amuse comme une foldingue et qu'elle ne boit pas trop, si, si, qu'elle est retournée dans les restaurants que Diego préférait, qu'elle a acheté beaucoup de babioles essentielles, mais pas trop je te jure mon amour, qu'elle a eu si peur pendant le voyage en avion à l'aller, qu'elle était tétanisée, qu'elle se répétait que si elle mourait maintenant, ce serait sans s'être réconciliée avec lui et c'était inconcevable. Elle voudrait dire qu'elle le comprend après tout, si, si, peut-être est-elle la seule à le comprendre, qu'il sache qu'elle a passé du temps avec Bertram et Ella Wolfe, ils pensent beaucoup à lui, Bertram travaille sur sa biographie, la biographie du grand Rivera, qu'Anita connaît la ville mieux que personne et lui a fait découvrir des rues du tonnerre, tu sais bien, elle a fait ses études ici, à Columbia, et avec Anita elles ont beaucoup parlé de sa peinture à Diego, elle a des avis renversants, elle est intelligente première classe, elle pense aussi que Frida devrait exposer ses propres tableaux et pourquoi pas aux États-Unis. Et Lucienne, voudrait-il de ses nouvelles ? Elle se porte à merveille, Stephen aussi, ils souhaiteraient avoir un enfant, elle a prévenu Lucienne qu'il est hors de question qu'elle ne soit pas la marraine. Est-ce que Diego se souvient quand elles s'étaient mises toutes les deux à faire des lithographies à Detroit, Lucienne et elle ? Le résultat avait été catastrophique, affreux, mais Lucienne a gardé les lithos. Elle les a montrées à Frida, c'était étrange de revoir cela. C'était après sa fausse couche, elle s'était dessinée avec son fœtus Dieguito, et à la main elle tenait une palette, comme si elle aussi était *una gran pintora*, et puis elle avait dessiné le cerveau de Dieguito et son cerveau à elle. Elle ne s'en souvenait plus. Elle a demandé au docteur Leo Eloesser de lui trouver un fœtus, elle voudrait bien avoir un fœtus à la maison bleue, pour lui parler et le garder. Il a promis qu'il allait lui en trouver un, dans un bocal qu'elle pourrait emporter. Tu te rappelles quand nous étions tous montés sur le toit de l'Institut des arts avec Edsel Ford pour regarder l'éclipse solaire ? Lucienne a pris des photos de ce moment-là. Elle n'avait pas du tout aimé, Frida, est-ce qu'elle avait le vertige ? Non, elle n'avait pas aimé qu'on ne puisse pas regarder le soleil dans les yeux, qu'on ne puisse pas le voir, au sens strict, qu'on ne puisse regarder peut-être que sa disparition. Et lui comment va-t-il ? Est-ce qu'il peint, est-ce qu'il mange bien, est-ce que Frida lui manque ? Anita lui a raconté une histoire insolite sur les couleurs, elle a dit que les Européennes au Moyen Âge se mariaient en rouge, le rouge qui était aussi la couleur des prostituées. C'est fou, non ? Et tes yeux, Diego, comment se portent-ils ? Frida est si inquiète pour ses yeux, après l'infection qu'il a eue, il faut faire très attention. Frida s'est mariée avec du rouge. Son châle. Tu te souviens, Diego ? En vérité, rien n'a de couleur devant mes yeux, si je ne partage pas les visions avec toi, c'est un gris qui s'abat, et qui étouffe même les chants des perroquets, il n'y a plus de contours, c'est pour toi que je peins, pour que tu regardes ce qu'il y a dans ma tête, pour que ce soit toi qui achètes un jour mes tableaux de malheur, c'est pour toi que je mange, Diego, pour que tu puisses écouter mon ventre et t'amuser des bruits de caverne que produisent mes intestins, c'est pour toi que je pleure, Diego, sur tous mes tableaux, des larmes toutes figées, pour que tu puisses observer mon cœur, comme dans la Bible il est dit, je crois : ouvre et regarde ton cœur. Tu es mon gosse, mon feu, mon môme, mon âme, j'ai peur que tu ne te laves pas quand je ne suis pas là et que personne ne puisse frotter ton dos. Je suis toujours ta magicienne, non ? et ta *Chicuita*, qui tient toute petite dans la poche de ton tablier de peintre, et ta martyre en marmelade qui utilise toute sa salive pour te manger de baisers.

Entends-moi bien *Carasapo*, tête de grenouille, *je crois qu'en fait je suis un peu bête et chienne sur les bords, car toutes ces choses sont arrivées et se sont répétées durant les sept ans où*

nous avons vécu ensemble, et toutes mes colères ne m'ont conduite qu'à mieux comprendre que je t'aime plus que ma propre peau, et bien que tu ne m'aimes pas de la même façon, tu m'aimes quand même un peu, non ? Et si ce n'est pas le cas, il me reste l'espoir que ce le soit, et ça me suffit...
    Aime-moi un tout petit peu. Je t'adore.
    Frida

Jaune d'or

Jaune éclatant, lyrique et aveuglant

Cet après-midi, Frida et Cristina partent en promenade vers Xochimilco, les sœurs emmènent les deux enfants avec elles, Tonio et Isolda. Ces longues échappées sont devenues un rituel consacré. Elles ont empli des paniers avec des assiettes en terre, du *mole* de dindon, du *pulque* fermenté, du jus d'agave et des tortillas cuites du matin. Elles prennent la voiture de Diego, Cristi conduit et elles partent explorer les marchés des villages et au hasard de leur joie s'arrêtent pour pique-niquer. Frida a besoin de fleurs, d'eau vive, de champs de haricots. Elle cueille des plantes, déterre de petits cactus pour les rempoter dans le jardin de la maison bleue, ramasse des pierres et des bouts de bois à la forme jolie qu'elle fourre dans ses sacs. Elle s'arrête parfois pour distribuer de la menue monnaie aux démunis. Elle a emporté un recueil de Walt Whitman dont elle lit quelques passages aux enfants pendant qu'ils font un tour en barque au milieu des fleurs et jardins suspendus – *Alors, commençons par notre forme propre, notre visage, les êtres humains, les substances, les animaux, les arbres, le courant des rivières, les rochers, le sable.* Frida ne peut s'empêcher d'acheter tombereaux de joujoux de rien et douceurs sucrées pour ses neveu et nièce au hasard des étals, n'imposant aucune limite à leur plaisir sauf la fin de la journée. En représailles tendres, les deux petits s'accrochent à la tante préférée, qui oscille à leurs yeux entre figure de prêtresse et de princesse aztèque, si fascinante avec ses formidables robes.

En retrouvant Diego, Frida a retrouvé ses jupes de Tehuana, ses chemisiers d'Oaxaca. Et les cheveux ont repoussé.

Elle aime à nouveau sa sœur et plus violemment qu'avant, elle a besoin d'elle, redevenues toutes deux confidentes, jumelles, radeaux respectifs de sauvetage de ce que Frida nomme les mobiles lyriques. Les peines du cœur. Et quand les sujets coupants refont surface, elles en rient, en connivence, en escalade d'humour noir, toutes deux amantes et victimes du même homme, mais gardant néanmoins chacune, dans l'intimité de leur solitude, les instants où, le rire ne faisant plus barrage efficace, leur poitrine se disloque pour évacuer des chagrins expiatoires.

Frida raconte à Cristi le tableau qu'elle est en train de terminer. C'est un tableau de famille, comme un arbre généalogique. Frida petite fille est campée, immense et démesurée, au centre de sa maison bleue, dans le patio qui s'étale comme un terrain de jeux à ses pieds nus, elle tient à la main un ruban à partir duquel s'entrelacent les portraits de ses ascendants. Sa mère Matilde, habillée de sa robe blanche de mariage, que Frida a dédaignée un jour, tient Guillermo le père par les épaules. De la robe mariale s'échappe le cordon ombilical qui nourrit le bébé Frida à venir et, au-dessus, les grands-parents : à droite, vers la mer, les parents européens de son père, à gauche, vers la terre, les parents mexicains de sa mère.

– Il n'y a que toi sur le tableau. Et nous, tes sœurs, les cinq autres filles ? remarque Cristi amusée.

– Oui, pour le moment, il n'y a que moi.

– Entre la terre et la mer, ça fait de toi le centre du monde ?

La matinée est réservée à Diego. Frida prend le petit-déjeuner avec lui, les Mexicains ont une salle dévolue à ce repas, le *desayunador*, partage fondamental. La maison *comme un autre visage de celui qui l'habite.* Le couple discute des projets de la journée, ouvre le courrier de chacun, se fait la lecture. Plus tactile que jamais, Frida, diable de chatte cajolante, s'assied sur les genoux de Diego, l'embrasse à pleine bouche, le caresse entre deux tasses de café, comme un petit chien collant et fidèle qui a la crainte farouche de l'abandon. Elle touche ce mari sans cesse, comme une idole porte-bonheur, pour conjurer le sort. Diego regagne ensuite son atelier pour travailler ou se rend à un chantier de commande. Parfois, aussi, il s'en va faire ses propres excursions, bien accompagné de quelques demoiselles très admiratives. Frida pense qu'il est totalement faux que l'on ne change pas. Nous changeons perpétuellement, nous évoluons par les couches successives de sensations désastreuses ou exaltantes qui sédimentent en nous. Et ce n'est pas entièrement vrai. Certains ne changent pas. N'y voyant pas l'intérêt, ils s'enracinent dans leurs solides évidences. Et la vie se réfléchit dans son miroir quotidien, comme pourrait écrire le poète Velarde, que Frida adore.

Frida prend le large. On n'est pas trahie quand on est prévenue. Elle aussi se réserve ses escapades sentimentales. Pour l'équilibre, se dit-elle. Il faut bien se mentir un peu, non ? Sa sœur Luisa lui prête sa chambre, à côté du cinéma Metropolitan pour abriter ses amours clandestines. Mais elle se fait discrète car, si le saphisme de Frida l'amuse, *el maestro* ne supporte pas l'idée de conquêtes masculines.

Le grand peintre n'hésite pas à sortir pistolet et rage pour menacer de mort tout rival.

Jalousie maladive.

Intéressant. Non ?

Jaune rougissant

Coucher de soleil coupé

Son corps noueux glisse sous ses mains, un grain sec et poli de vieille écorce raffinée, elle parcourt à l'aveugle les omoplates qui saillent, les corps au travail de se façonner à deux, de trouver l'emboîtement et la conclusion, elle pince le dos avec tendresse, descend le long des côtes, balaie les bosselées, passe sur les fesses musculeuses et attire à elle encore, un peu plus net, elle donne l'air de rien une poussée à la cadence, une insinuation, l'amant se laisse faire, bavard professionnel à la verticale, Léon est tout en retenue muette quand il fait l'amour, *religieux*, dans une charge Frida retourne le jeu et reprend le dessus sans abîmer le rythme, seins nus hachurés de ses longs cheveux revenus et de quelques rubans restés emmêlés dans la crise cardiaque des corps chauds, elle le domine pour un instant, les sexes susurrent, les suées s'affolent ; avec sa main, elle saisit son beau visage sévère et le plaque sur le côté, pour le forcer à fermer les yeux, le forcer à ne pas simplement regarder mais à anticiper et ressentir à l'infini avec ses propres images l'escalade à deux, la petite course immobile, encore encore, hanches plus dures, pointues, bassin épileptique, jointures qui se tendent, deux désirs plaqués sur du vivant, les visages se cherchent, yeux fermés, derniers souffles qui se propagent – Frida ! râle Trotski en russe, en français et en espagnol – l'homme est polyglotte, il jouit, une tombée, elle expire, buée bue, fini.

Léon se rhabille, Frida l'ajuste, il doit retourner travailler. – Je t'ai apporté un livre, dit-il en plaçant avec un rien de cérémonie un lourd volume sur la table. Il lui apporte un livre comme à chaque fois, soucieux de l'élévation de son âme, peut-être, de lui montrer le juste chemin de l'esprit, qui sait, ou simplement faisant ainsi le geste du troc ancestral, je te prends et je te donne. – Je n'ai pas fini de lire le précédent, mon vieux. Tu ne me l'as donné qu'hier. En disant cela, elle allume une cigarette, il déteste cela, il assène que les femmes ne doivent pas fumer, et abhorre probablement d'adorer que Frida brave ses interdits.

– Je devrais t'apprendre à danser le *zapateado*.
– Je ne suis pas vraiment danseur, Frida. Qu'est-ce que c'est ?
– C'est une danse d'homme très fier. Une danse de solitaire. Jean, ton secrétaire, est un très bon danseur.
– Ah oui ?
– Oui. Il nous accompagne souvent avec Cristi au Salón Mexico.

Frida faussement légère, ironie vitale. C'est comme si elle était une incarnation du tragique qui haïrait toute tragédie. Trotski regarde cette femme encore alanguie, seins au vent, maîtresse absolue de ses sens, indécente séductrice percluse de douleurs insondables. Comment se représenter le Mexique avant d'y être tombé, comment imaginer Frida Kahlo avant de s'être affaissé à ses genoux, pour une heure d'abandon ?

Il n'a jamais rencontré pareil couple. Cercle fermé à deux, en boucle, duo fou et violent, généreux à l'outrance. Pèlerins et menteurs. Sans bordure ni gêne, sans décence. Elle : chatte dangereuse qui cherche la caresse tout en dirigeant le monde. Lui : orgueil, hybris et génie. *Diego y Frida*. Indissociables.

Quand Trotski put enfin quitter la Norvège et entrer au port de Tampico à bord du pétrolier *Ruth*, c'est elle qui l'attendait sur le débarcadère,

Frida Kahlo, dans cette robe impossible de beauté, droite et fêlée, semblant dire bienvenue au Mexique, bienvenue chez moi. Tu es sauvé. Tu es perdu.

Une vision de fumerie d'opium.

Frida prend des amants bien différents de Diego. Au début, elle était attirée par des hommes partageant quelques similitudes avec son éléphantesque amour, peintre, fort en gueule ou jouisseur, mais, vite, la cruelle comparaison tuait le jeu et toute illusion. Elle veut bien s'appliquer au grand écart et tromper Diego, mais pour pouvoir le retrouver sublimé par des adversaires qui ne seront jamais à sa hauteur.

L'amour physique n'est plus grand-chose s'il ne s'accompagne pas d'un chuchotis de vertige, même fabriqué.

Elle a cueilli de beaux visages et des gentillesses, s'est fait étourdir par quelques prouesses et quelques jeunesses furieuses. Frida dans ces bras d'hommes passants s'est sentie non pas aimée, non, mais encore *indispensable* pour quelques secondes.

Diego l'oblige à vivre pour elle-même, elle s'y applique. Ultime complaisance. Pour toi, je vivrai avec d'autres, tu ne me laisses pas le choix.

Trotski ? Elle n'aurait pu trouver plus tranchant contraste. Ascète, calme, mesuré. Ce choix recèlerait-il un peu de perversion ? Elle songe. Serait-ce une réponse à l'irréparable trahison de Cristina ? Diego qui s'est démené personnellement auprès du président Cárdenas pour obtenir l'autorisation de l'exil mexicain au couple Trotski, Diego qui a demandé à Frida de leur offrir l'asile de la maison bleue, Diego qui a pressé son épouse d'aller elle-même accueillir le bateau à Tampico.

Rivera, son mari trotskiste.

Ce qu'elle aime dans ses amants, c'est qu'en creusant en elle, à coups de pioche ou de boutoir, ils ne peuvent qu'y trouver Diego.

Un soir où ils recevaient à dîner à la *Casa azul*, table ouverte où se mêlaient amis proches, curieux de passage et intelligentsia bigarrée – Natalia et Léon Trotski étaient présents –, son époux éméché a prononcé une phrase inoubliable. Diego faisait le spectacle, comme à son habitude, régalant son public de saillies inventées et d'histoires piquantes ; au détour de sa performance, il expliqua la chose suivante à son voisin de table

– Quand j'aime une femme je lui fais du mal. Oui, je crois que plus j'aime une femme et plus j'aime lui faire du mal.

Il explosa d'un rire de fauve.

Frida a eu froid. Dedans. Sous les côtes. Diego a cette particularité d'apprécier comme du bon jus provoquer un frisson d'horreur chez son interlocuteur, comme lorsqu'il se régale de parler de ses recettes de chair humaine. Ce qu'il pense réellement est indécelable. En premier lieu pour lui-même, probablement. Diego ne fait pas d'introspection de Diego. Diego vit et raconte ses vies fantastiques, et les histoires qu'il raconte ne nécessitent ni véracité ni contexte. Sa cruauté est un masque, pense Frida.

Une œuvre d'art.

Quelques jours plus tôt, Léon Trotski s'est trouvé seul dans l'atelier de Diego, qui lui avait donné rendez-vous pour parler d'un texte qu'ils ont le projet de rédiger en commun. Un manifeste. Diego était en retard, Léon s'est assis pour attendre, promenant ses petits yeux intelligents sur cette multitude frénétique qu'évoque le lieu de travail du peintre, pêle-mêle de poteries, d'onyx et de verres polis, statuettes anciennes, croquis, matériel de peinture, flacons divers, grands personnages de papier mâché que les Mexicains appellent les Judas – et qu'ils font exploser dans les rues pour Pâques, car, paraît-il, le traître ne peut trouver libération qu'en se suicidant. Il y a aussi quelques toiles en cours, et, contre un mur, sont posés l'un à côté de l'autre une maquette préparatoire d'une fresque de Diego et un petit tableau de Frida.

L'abrupte juxtaposition de ces deux univers antagonistes sidère Léon. D'un côté le monde de Rivera atteint de gigantisme, une foule de personnages de toutes classes sociales, toutes époques, entassés dans un foisonnant ballet bondé de symboles. Hommes politiques, Zapata et Pancho Villa, travailleurs magnifiques aux corps de force vive, bourgeois, capitalistes aux visages grimaçants, mères et pères, Indiens, Américains, Européens, enfants, sources, machines, terres, arbres, saisons, racines, le monde, tous les mondes : les murs de tous les bâtiments du Mexique pourraient ne jamais suffire pour accueillir les immensurables visions de Rivera.

De l'autre côté, un autoportrait de Frida. Cette aléatoire fragilité de la grâce, un seul visage, comme un enfant qui dessinerait tout le temps la même chose et pour qui représenter à l'infini ce même sujet serait un soulagement. Un visage et un corps sans mouvement, sans perspective, figé, accroché dans un décor, une femme pétrifiée telle une poupée qui ne peut pas marcher. Une douleur latente qui empêche toute évolution. Pas un geste vers le monde, juste ce visage comme un exorcisme.

Comment deux peintres si absolument différents s'aiment-ils avec une telle rage ?

Le monde de Rivera : marxiste, glorieuse révolution aux lendemains de victoire, histoire en marche, esprit de système aussi, l'homme comme partie d'un ensemble de classes, personnages plus que personnes, sans visage propre, marionnettes interchangeables, soldats de la cause, corps à jamais juvéniles.

Le monde de Frida, rebelle à tout esprit de système, une femme, la femme, sa souffrance, solitude dans le désert, la part irréductible de l'être humain, une douleur existentialiste.

L'homme social contre la singularité, ça lui fiche un vertige politique à Trotski. Lui le meneur de foules, l'orateur éclatant, l'animal politique, le théoricien marxiste. Ça lui fiche comme un doute. Jamais l'État ne pourrait façonner le visage qu'il voit sur le tableau de Frida.

Et pourtant, plus Léon Trotski confrontait le portrait de Frida et la fresque de Diego, plus c'est le visage esseulé qui l'interpellait, ce visage qui n'était plus celui de Frida Kahlo, mais le visage de l'autre au sens pur, l'irréductible altérité, l'autre comme miroir mais aussi comme face-à-face fondamental, qui exige d'être considéré, d'être regardé, qui commande la compassion, qui impose, littéralement, de souffrir avec lui.

Frida impardonnable caprice.
Frida l'alter.

    Les yeux peints de la minuscule poupée sans mouvement ni perspective lui semblent être un instant la connaissance même de l'humanité.
    Les yeux de Frida.

Jaune flash

Trait aveuglant des néons

Ce soir, Frida Kahlo est une reine. Tout et tous s'empressent autour d'elle, la ville lui appartient, *Niouyork*, mon amour, tu m'attendais. Me revoilà. Elle regarde le catalogue de sa première exposition personnelle. *Exposition Frida Kahlo*, vingt-cinq tableaux pour te crever les yeux. Il est certes précisé, en petits caractères entre parenthèses, Frida Rivera. Depuis un an, elle a peint à un rythme soutenu qu'elle n'avait pas connu auparavant. Elle ne peint plus en robe mais en blue-jeans et en bleu d'ouvrier. Elle ne s'était encore jamais autorisée à considérer sa peinture comme un vrai travail à l'instar de Diego. Peindre est une facette d'elle-même parmi d'autres, un trait de sa personnalité, comme de jurer constamment, de collectionner les poupées ou de se méfier des gens qui se prennent au sérieux. La peinture c'est un lieu sur la mappemonde de son caractère. Sacré, car elle peut s'y réfugier et y trouver une parole. À présent, ses tableaux sont devenus une activité nécessaire, le fil continu de ses jours. Est-ce parce que, en s'éloignant de Diego, elle a conquis de l'espace ? Ou serait-ce un autre lien tendu entre eux ? Car plus elle peint, plus Diego la recherche et l'admire. « Crache dans tes petites mains et fais quelque chose qui mette tous les autres dans l'ombre, tu seras ainsi mon grand dragon », lui écrit son mari. Frida ne caresse pas le rêve d'être un grand dragon, non, mais plus elle peint, plus sa technique se précise, elle sent dans ses doigts ce pouvoir d'encrer un cerne sous un regard las, et, à l'instar d'une virgule qui se met à hurler dans un poème, une ombre de peinture fait soudain mouche.

Frida peint d'un seul tenant, comme on recouvre un petit mur blanc d'une fenêtre en trompe-l'œil. Elle commence par le haut et déroule son tissu en vagues comme pour ajuster au regard des autres ce qu'elle voit dans sa tête. Les contours sont vite tracés, elle est une peintre de couleurs et de fluides, comme si elle habillait sa toile, drapait, coupait, tendait pour vêtir au plus juste les habitants de son esprit. Elle aime le détail, le microscopique, oubliant l'ensemble et la composition quand ses doigts triturent au pinceau fin le coloris d'une fleur, un petit pied tordu, le regard noir en boutons de bottine d'un perroquet. Elle se tache peu, ne s'échevelle pas, elle est dans le registre de l'autopsie d'une orchidée, le souci de la miniature, le coupé chirurgical. Quand les gens décèlent des sens cachés dans ses tableaux, ça la fait rire, comment ne pas les décevoir, elle peint juste ce qu'elle voit. Et ce qu'on voit échappe et bouge, alors il faut peindre souvent pour courir après. Quand elle peint son visage encore et encore et encore, c'est parce que ce paradoxe l'obsède : elle regarde dans le miroir ce visage qu'elle n'a jamais vraiment vu, puisque c'est lui-même qu'elle promène partout pour voir. Est-elle la seule à souffrir de ne pas voir directement son propre visage, et de savoir qu'il en sera toujours ainsi ? De n'en connaître que le reflet, c'est-à-dire l'image ? Frida est fascinée par le décalage qui s'opère entre la première fois que l'on voit quelqu'un et la perception que l'on en a quand il nous est devenu familier. L'écart est fantastique. Jamais on ne verra à nouveau cette personne comme la première fois, c'est terminé, c'est évanoui. Dessiner un visage, c'est dessiner du temps passé. Elle aimerait pouvoir peindre Diego comme la première fois qu'elle le vit. Pour garder cela, l'impossible instant présent. Les gens la prennent parfois un peu pour une idiote, ou une inculte. Ça lui va très bien. Elle a probablement lu plus de livres que la plupart de ces moqueurs, mais elle n'en a pas besoin pour peindre, ils ne lui sont d'aucun secours lorsqu'elle saisit un pinceau dans le gobelet en émail et part à l'assaut d'un nouveau visage. Elle ne ressent pas la nécessité de leur dire qu'elle aime la peinture de Jheronimus Bosch, de Piero della Francesca ou de Paul Klee, qu'elle adore Paul Gauguin ou le Douanier Rousseau. Si elle peint deux oiseaux dont l'un est de couleur noire et l'autre de couleur blanche, elle ne veut rien signifier, elle ne poursuit aucun de ces desseins ambitieux que les théoriciens de l'art décrivent avec leurs mots trop carrés. Elle a vu deux oiseaux à cet instant-là, par la fenêtre ou dans sa tête et ils venaient se poser sur ce qu'elle était en train de peindre. Et ils étaient blanc et noir, *güey*.

Lorsqu'elle montre son tableau intitulé *Ce que l'eau m'a donné* (on y voit ses jambes dans une baignoire, avec les doigts de pied aux ongles laqués de rouge qui reposent sur la faïence), les gens l'interrogent sur la signification de l'invraisemblable amoncellement de symboles qui peuplent l'eau de son tableau : une robe qui flotte, un volcan en éruption, un building, deux femmes nues, un coquillage plein de trous, un oiseau mort, un homme alangui au masque ancien, une araignée, un ver, une danseuse, des fils, une femme étranglée, des fleurs, un bateau... Comment dire ? Je suis dans ma baignoire, je regarde ces jambes qui me trahissent, je regarde mes pieds pleins de cicatrices, je regarde le vernis à ongles que j'ai appliqué moi-même sur ces pauvres pieds pour les rendre plus jolis, et dans l'eau tout ce cirque se manifeste en vapeurs, ce que moi je vois dans l'eau, c'est le temps qui fuit, c'est ma vie, comme chacun peut y voir la sienne en se noyant dans une baignoire !

Elle ne peint pas pour être aimée. Elle est transparente, c'est-à-dire qu'elle ouvre grand la fenêtre vers l'intérieur.

Quand le galeriste américain Julien Levy a proposé de l'exposer, elle n'a pas bien compris. Elle a cru à un canular. Vouloir montrer ses tableaux à elle ? Rien qu'elle ? Elle a déjà participé à quelques expositions collectives au Mexique. Mais une exposition *Frida Kahlo*, aux États-Unis qui plus est, cela lui paraissait simplement inconcevable. Mais diablement fou. *Gringolandia* tombant à ses genoux. Elle n'a jamais connu cela dans son pays.

Une chevelure lustrée qui met en valeur un large front sévère pour abriter de beaux yeux noirs, un regard fendu et lointain, une bouche à la moue exigeante et à la parole solide accentuée par une large fossette juvénile, le galeriste Julien Levy est ravissant. Comme par accident. Il impressionne Frida par son intelligence, sa volonté et sa beauté. C'est un homme qui vous parle de photographie pendant des heures et c'est d'abord pour assouvir cette passion qu'il a monté sa galerie avant d'y faire entrer la peinture. Ouvrir une galerie de photos en 1931, c'est inconscient. Ou très courageux, *caballero*. Il a montré à Frida des tirages de Man Ray, Atget et Henri Cartier-Bresson. Julien a vécu plusieurs années à Paris, c'est là-bas qu'il a collecté tout le travail de ce Français, Eugène Atget. Frida est touchée par ce photographe qui lui fait penser à son père : méticuleux, détestant les effets de flou, se considérant davantage comme un artisan et un témoin de son époque qu'un artiste. Elle parle à Julien de son père Guillermo : photographe professionnel d'une méticulosité frisant la maniaquerie, il a appris à Frida la technique quand elle était enfant. Levy adorerait voir les photos du paternel – C'est peut-être un grand artiste qui s'ignore, Frida. Un Atget mexicain !

Julien manie aussi l'appareil, il le lui a bien prouvé lors d'une séance très improvisée, où il l'a capturée seins nus, cigarette en bouche et tresses noires à moitié défaites. Suées et cavalcades.

Diego ne l'a jamais peinte nue. Il a peint Frida en chemise rouge de communiste, en robe tehuana, mais jamais nue. Alors qu'il a peint son ex-femme Lupe et même Cristina totalement dénudées, sans compter une myriade d'autres créatures de passage. Frida s'est toujours demandé pourquoi. C'est son corps qui ne va pas ? Ses seins ne sont pas suffisamment allégoriques ? Julien Levy n'a pas eu de dilemme, lui.

Le vernissage a lieu ce soir, et c'est déjà un événement. Julien a prévu un cocktail de lancement : les Américains et leurs *cocktelitos*, on y revient toujours. New York bruisse de la Mexicaine le cœur arraché sur son plateau et son amphigouri de couleurs explosives. Elle balance de la sensation. Elle est irrésistible, elle passe à toutes les fêtes, mais jamais longtemps, quand on la cherche elle a déjà disparu. La vérité cachée est qu'elle ne veut se refuser la coquetterie d'apparitions fracassantes, le plaisir de s'inscrire comme un flash sur la rétine des beaux mondains, mais son corps lâche vite, maintenant, elle a de moins en moins de résistance. Elle se montre sublime en un éclair et rentre reposer ses faiblesses à couvert des cancans.

Dans les mois qui viennent, une autre exposition des tableaux de Frida est prévue à Paris sous la houlette d'André Breton, et encore une autre à Londres ! Elle a trente et un ans – officiellement vingt-huit –, elle est seule aux États-Unis, mais cette fois-ci elle ne fuit pas son chagrin *riveresque*, elle est l'objet du désir de ce tout petit monde de l'art. Au sens propre et au figuré. Elle badine avec tous, séduit trois hommes en même temps, cinq ou huit, les reins excités par les décharges des conversations aux sous-entendus électriques, fille de joie, elle parle plus fort que l'assistance, contorsionne son accent pour rendre son anglais écorché et sexy, choque tant qu'elle peut, sirène aux moues suggestives, caresse, en passant, bras, joues ou lèvres, l'air de rien, promettant tout, et finit les nuits avec les uns ou les autres au gré des caprices. Elle sème sa légende et sa mauvaise réputation. Quelle drôlerie que cette soirée à Fallingwater où Julien Levy l'avait emmenée pour la présenter à un de ses plus importants clients, un M. Edgar Kaufmann. Frida ayant flirté tout le dîner avec tour à tour Levy, son hôte et le fils de ce dernier, les trois hommes se retrouvèrent nez à nez en pleine nuit dans l'escalier qui menait à la chambre de l'aguicheuse. Gêne des *gentlemen*. Julien Levy remporta la mise. Elle se pare de ses plus belles robes, dans la rue les gosses américains pensent qu'elle est échappée d'un cirque, ils n'ont pas tort en un sens, elle est la cerise sur le gâteau de toute party sélecte, c'est grisant et ridicule.

Elle a l'impression d'être Diego.
Enfin.
Après avoir passé plus de dix ans à se réfugier dans l'ombre géante de son époux, c'est presque un comique malentendu. Une incongruité. C'est cela d'être toi, mon dieu ventripotent ? D'être celui qu'on espère, qu'on admire, qu'on chérit, qu'on entreprend, qu'on veut voir briller. Celui qui conquiert. Celui qui allonge. En étant toi, je peux t'aimer encore, je peux tout comprendre, nous pouvons respirer le même air.
Quand Diego cherche Frida dans une foule, il se met à siffler très fort la première phrase de *L'Internationale*, il attend alors que la deuxième s'élève quelque part dans la masse, pour se frayer un chemin vers sa note de musique, sa clef de sol.

André Breton, qui vient de passer quelques mois à Mexico avec sa femme Jacqueline, logés chez elle et Diego à San Ángel, a rédigé la préface du catalogue de son exposition new-yorkaise. Julien Levy était très emballé, lui qui connaît par cœur le travail des artistes de Paris. Une préface signée du *gran poeta del surrealismo* ne se refuse pas, Frida. Mais il est fatigant, Breton. Frida le juge à côté de la plaque et bien trop persuadé de son importance fondamentale. Il lui donne l'impression, juché en haut de son temple surréaliste érigé par lui-même, de distribuer à chacun bons et mauvais points. Breton parle d'elle comme d'*un ruban autour d'une bombe*, ça l'a fait rire, Frida, la formule a fait mouche, elle a été reprise dans tous les articles, pourquoi pas, mais ce qui la gêne c'est précisément d'être une formule. Et puis, à l'entendre, il serait le premier à avoir découvert le Mexique ! Il *adore* le pays, parce que *c'est un pays surréaliste* ! Merci, le Mexique allait très bien jusqu'à ce que débarque André *Cortés* Breton pour qu'il désigne chaque chose avec sa baguette magique surréaliste.

Il n'a rien compris, il ne voit pas, Frida ne peint pas ses rêves, ni son inconscient, elle peint une nécessité intérieure. La vérité du désarroi. Et elle n'a pas besoin d'étiquette ni de définition. En revanche, ce qu'elle adore chez lui, c'est sa femme. On ne peut pas lui enlever ça. Jacqueline Lamba. Jacqueline et son inégalable sens de l'humour qui sauve toute journée, rivière Jacqueline où il fait doux s'ébrouer. Clapotis de peau souveraine.

Julien Levy Gallery. 30 octobre 1938. Cohue. Un ciel d'encre bleue, piqueté des derniers flashes orange d'un soleil disparu derrière les silhouettes des buildings, tombe sur le *15 East 57th Street*. Tout le gratin chic et interlope s'est déplacé, c'est charade de smokings et robes échancrées. Il y a des journalistes, des critiques, des peintres et des célébrités. Et quelques amis. On se presse et on se coule le long des murs blancs et arrondis recouverts des tableaux vivement éclairés de la *pintora*. Par contraste, le sol noir de la galerie semble être une mer de nuit qui pourrait bien tous les engloutir. On boit des manhattans dans des verres en cristal, whisky de haute précision, vermouth et une goutte d'amer.

Au bout d'une heure, Julien murmure à l'oreille de Frida, avec une excitation espiègle, que la moitié des tableaux sont déjà vendus. Elle ? Vendre ses tableaux ? Gagner sa croûte ? Ça lui fiche un vertige. C'est comme si on lui indiquait qu'elle pouvait vivre sans Diego et qu'on rebattait des cartes distribuées depuis longtemps.

Est-ce que l'honneur enivre ?

Elle volette, elle s'amuse à être diva, elle ne regarde pas ses toiles mais les gens qui les regardent. Une armada de voyeurs qui la scruteraient nue sous toutes les coutures. Elle passe d'une conversation à une autre, commençant des phrases qu'elle ne termine jamais, des mots suspendus dans cet air trop chauffé par l'attroupement animal de convives en surnombre, elle chipe des caresses, postillonne des baisers aux vagues connaissances. Elle voit s'écrire une histoire ni fausse ni vraie dont elle est l'héroïne.

Nickolas Muray veut acheter un tableau. Nickolas. Nick, son amant préféré.

Lui aussi aime capturer Frida à l'objectif. Sous tous les angles. Photographe coté, qui travaille pour *Vanity Fair* et *Harper's Bazaar*, il porte beau un charisme de dompteur mais avec ce charme ambigu d'une ancienne timidité. Son sourire pourrait réconcilier la séparation des continents, Frida aime la tendresse de ses bras, son front très haut et ses yeux habiles. Il est brillant, amusant, dépourvu du cynisme putassier qui l'agace tant chez les intellos new-yorkais. C'est au Mexique que Frida l'a d'abord croisé il y a quelques années, puis ils n'ont cessé de se rencontrer par hasard. Elle l'a voulu ce beau Juif hongrois trois fois divorcé. Il l'a aidée à préparer son expo à New York, il a photographié ses tableaux pour le catalogue et a veillé à leur acheminement aux États-Unis. Doucement, il est devenu sa liaison la plus importante. Ils créent ensemble des rituels : dormir sur le même oreiller brodé, toucher de concert le

signal à incendie à la sortie de son appartement pour conjurer le sort, donner des noms aux arbres de Central Park, s'embrasser en lisant les panneaux des rues. Pour lui, elle n'est pas Frida, elle est Xochitl, une déesse. Il voudrait l'épouser. Il devient possessif. Ce soir, il a l'air saumâtre de voir Frida faire tanguer les nuques avec ses numéros d'envoûtement, n'appartenir à personne, se coller aux hommes. Adorable Nick, si tendre qu'il pourrait presque rivaliser avec Diego, et combler ce trou béant dans son thorax. Dans une autre vie.
Avec une autre Frida.

Avant son départ, Diego lui avait préparé une liste de gens *importants* à inviter, à ensorceler pour accroître l'influence du couple Rivera. Et leur ouvrir des horizons toujours plus étincelants. Il n'avait pas même oublié les Rockefeller, à la guerre comme à la guerre. Il a envoyé du Mexique des tas de lettres de recommandation. Il adore qu'on adore sa femme. Elle a lu ce qu'il écrit d'elle : « Je vous la recommande, non parce que je suis son mari, mais en tant qu'admirateur enthousiaste de son travail, à la fois mordant et tendre, froid comme l'acier, délicat et fin comme une aile de papillon, adorable comme un beau sourire, profond et cruel comme peut l'être la vie. » Elle a pleuré en lisant, un peu parce que ça la bouleverse qu'il puisse penser cela d'elle, un peu parce qu'il peut bien écrire tout ce qu'il veut, le mastodonte Rivera, n'empêche qu'il ne s'est pas déplacé pour le voir, le très très grand succès de Frida Kahlo.

Jaune de lune

Bouillon spectral

Le soir du vernissage, un sujet obsède Frida. Il est par ailleurs sur toutes les lèvres humides de l'entre-soi bohème chic qui l'entoure. Quelques jours plus tôt, une amie s'est suicidée à New York. Frida dit amie, comme elle le dit de tous ceux qui lui frottent le cœur, mais elle ne connaissait pas si bien cette femme, Dorothy Hale. Elle l'avait vue jouer dans une pièce au Ritz Theatre de Broadway, quelques années plus tôt, lorsqu'elle vivait ici avec Diego. Quand on apercevait Dorothy pour la première fois on était tabassé par sa beauté. Son irrespirable beauté. Comme un fardeau sur ses épaules à l'arrondi antique. Un visage qui brise le souffle et arrête la conversation, un corps idéal pour les fantasmes mouillés de revues illicites. Elle n'était pas très bonne comédienne, mais elle était fort amusante et Frida avait passé quelques soirées délicieuses avec cette demi-mondaine enjouée et toujours prête à faire des bringues.

Nick la connaissait intimement et c'est lui qui raconte à Frida, ce soir, les détails de l'affaire. Au début des années trente, la jeune femme s'est retrouvée veuve de façon abrupte, son mari, le peintre muraliste Gardner Hale, s'est tué au volant de son Austin. L'engin avait plongé dans un ravin avec son conducteur. Le cœur brisé, sans le sou et dépouillée d'un train de vie confortable – qu'elle considérait jusqu'alors comme non négociable –, Dorothy s'est mis en tête de devenir actrice. Si possible, une *star*. Ne disait-on pas d'elle qu'elle était encore plus belle que Greta Garbo ? Mais dépourvue de talent et peut-être aussi d'un peu de chance : aucun de ses essais sur scène ou sur pellicule ne mena nulle part. Elle entama avec l'élan du désespoir une vie décousue, dans laquelle les fêtes où Frida la côtoya, les amants et les dettes contractées auprès d'amis fidèles lui composèrent une existence aléatoire. On dit qu'elle faillit se remarier avec un proche conseiller de Franklin Roosevelt, des fiançailles furent annoncées dans des journaux à *gossips*, mais aussi vite les canards détaillèrent avec la même gourmandise cruelle comment la superbe Dorothy fut, en un claquement de talon sur le bitume, plaquée pour une autre, plus respectable. On médisait que le Président en personne avait signé son arrêt de mort marital, pour éviter toute mésalliance.

La vie est *politique*.

Nickolas continue de raconter l'histoire à Frida en conspirateur : un mois plus tôt, Bernie Baruch, un ami auprès duquel Dorothy était venue chercher pistons et conseils – autrement dit un peu d'espoir –, lui dit sans ambages qu'à trente-trois ans elle était trop vieille pour faire carrière. La seule solution, avait assuré Bernie, était de trouver un mari et vite. *Elle était encore belle*. Bernie lui donna mille dollars en lui commandant de s'acheter une robe renversante pour ferrer un gros poisson.

Dorothy prit l'argent.

Le 21 octobre 1938, une semaine avant le vernissage de Frida, Dorothy convia ses amis à une fête au prétexte qu'elle avait décidé de partir en voyage quelque temps. Où, elle ne le disait pas, c'était loin, c'était secret. On ne posa pas plus de questions. Le *goodbye cocktail* se déroula dans sa coquette suite de la Hampshire House. Un nid douillet avec une vue exceptionnelle payé depuis des mois par l'argent emprunté aux fidèles.

La fête prit fin vers une heure du matin. Oui, une heure quinze environ. À l'aube, revêtue de

sa plus belle robe de velours noir – sa préférée –, de talons hauts argentés et maquillée comme pour aller passer le casting de ses rêves à Hollywood, Dorothy enjamba calmement le rebord de la fenêtre, peut-être respira-t-elle un grand coup d'air, regarda New York *one last time*, et se précipita dans le vide du seizième étage.
Cheers, my friends.
Présent au vernissage de Frida (dont il est un ancien amant), le sculpteur Isamu Noguchi complète gravement les détails donnés par Nick : il y était à la fête d'adieu de Dorothy !
– Mais qu'est-ce qu'elle t'a dit ? questionne une Frida trop fébrile, et comment se comportait-elle ce soir-là ? – Elle était comme d'habitude, répond Noguchi. Légère. Charmante. On a raconté n'importe quoi, on a dansé, on a ri. Elle était la même qu'à chaque fois : un peu évaporée, décalée, très jolie. Je crois bien que la dernière chose qu'elle nous ait dite, avant que l'on parte, c'est : « Bien, c'est la fin de la vodka. Il n'y en a plus. » Et puis, elle a sauté avec le petit bouquet de roses jaunes que je lui avais offert, ajoute Noguchi dans un murmure glauque. Accroché sur sa poitrine. J'ai lu dans les journaux que la chute l'avait à peine abîmée. Son visage était intact. Ses yeux étaient grands ouverts.
– Son visage intact, s'exclame Nick, après pareille chute, c'est impossible.

Jusqu'au bout sa beauté lui avait collé à la peau, pense Frida, comme une eau trouble. Dorothy avait couché avec Noguchi, probablement avec Nick aussi. Ça leur faisait deux points communs, songe-t-elle, plus du tout la tête à son vernissage. Elle et Dorothy avaient le même âge. Étreinte par une agitation étrange, Frida sent un besoin irrépressible l'envahir. Comment se jette-t-on dans le vide quand on n'a pas mal dans tout le corps ? Elle devait avoir mal dans tous les nerfs, la peau qui démange d'en finir. Cette porte ouverte qui résout tout, qui dissout l'idée même du temps.

Restée seule avec Nick, Frida annonce, enfiévrée, qu'elle va peindre la mort de Dorothy Hale.

Jaune ciel de Paris

Reflets sur Seine

Frida discute dans un coin avec Jacqueline Lamba, qu'elle a retrouvée avec l'effusion réservée aux amants. Elle a quitté New York après les fêtes du nouvel an, laissant Nick à regret. 1939 commence pour elle dans cette ville à l'autre bout du monde. Paris. Un vacarme. Une étroitesse. Une fièvre inconnue, angoissante. Depuis son arrivée, elle est accueillie chez Jacqueline et André Breton, au 42, rue Fontaine. Ça y est, elle y est en plein cœur, à Montmartre, dont Diego lui a tant rebattu les oreilles, avec ses souvenirs héroïques de jeunesse et ses duels de génies incompris. Elle a l'impression d'en connaître l'histoire plus intimement encore que Breton, qui pourtant ne ménage pas sa salive à lui raconter que Degas a vécu juste à côté de chez lui, Toulouse-Lautrec aussi, que Bizet a composé sa Carmen au n° 26, *et caetera*. Caché derrière un théâtre à la façade aveuglante appelé Aux menus plaisirs, le couple Breton habite un petit appartement-atelier au quatrième étage. Une vraie brocante ! Pas un pouce des murs décrépis qui ne soit recouvert par les tableaux d'amis, photographies, masques africains, livres en pagaille ou une idole gigantesque rapportée d'un voyage. Si Breton ne l'agaçait pas tant, Frida pourrait presque adorer ce foutoir. Et comme tous les soirs, beaucoup de monde s'agite dans l'appartement surchargé entre le canapé défoncé, le poêlon ronflant et les tabourets de fortune. André compte ses troupes, il donne à Frida la sensation d'un roi entouré de ses bouffons. Mais roi de quoi ? Ces intellectuels français sont ridicules, à son avis. Ils semblent contents d'eux sur leur terre pourrissante, une Europe rancie, dégénérée, avec Franco en Espagne, Mussolini en Italie et Hitler en Allemagne, on parle ici d'une guerre imminente, et eux dissertent dans le vide du matin au soir, traînant d'un café à un autre café, ne faisant rien d'autre que jacter avec des mots impossibles en touillant leur tasse au rythme de leur petite cuillère. Les surréalistes. Un ramassis de bavards pédants, à son avis. Frida les déteste. Elle déteste aussi cet appartement mal éclairé dans lequel elle couche sur un lit de fortune, coincé entre deux fatras de papiers griffonnés et d'objets bancals, elle déteste Paris et cette langue française qu'elle n'entend pas ! Breton lui avait vendu une exposition de ses toiles et il ne se passe rien. Il n'est pas allé chercher ses tableaux qui sont toujours consignés à la douane, il n'a pas trouvé de galerie pour exposer, et n'a pas un sou vaillant. Il a même demandé à Frida de lui prêter de l'argent. Cela fait trois semaines qu'elle est ici, et elle se sent piégée, loin de Diego à qui elle envoie lettre sur lettre, missives décorées au rouge à lèvres dans lesquelles elle fourre des plumes colorées. Il lui répond de tenir sans *se tenir*, de s'imprégner de l'odeur des *bistros*, des croissants qui cuisent au milieu de la nuit, du tapage des musiciens dans les clubs de la rue de Douai, et d'aller pique-niquer et cueillir des fleurs au cimetière de Montmartre, en d'autres termes de profiter de cette ville que *lui* a adorée.

Heureusement, Frida a Jacqueline, sa blonde incendiaire, sa familière dans toute cette étrangeté, qui s'occupe d'elle comme la plus tendre des amies, et plus, parfois, sous le regard d'un Breton vaguement décontenancé. Elles discutent toutes deux, ce soir, d'un tableau que Frida a terminé sur le bateau lors de la traversée pour venir en France. Frida voudrait bien le montrer lors de son exposition, si le *señor* Breton consent enfin à se bouger le fondement pour trouver un lieu. Il s'agit du tableau sur le suicide de Dorothy Hale. Après son vernissage new-yorkais, Frida s'est longuement entretenue avec une amie de Dorothy, Clare Luce, qui a accepté de lui commander le portrait de la jeune femme disparue. Elle pense offrir le tableau à la mère de Dorothy. Clare est la rédactrice en chef de *Vanity Fair*, elle était l'une des plus proches de la *trop belle morte* et un soir où elle buvait avec Frida un *last drink* pour parler de l'histoire, Clare lui a confié un secret qui la ronge. C'est elle qui donnait de l'argent à Dorothy. La situation commençant à lui peser, elle avait poussé son amie à trouver une activité rémunérée, à sortir de sa léthargie à paillettes. C'est elle encore qui lui avait conseillé d'aller voir Bernie Baruch pour qu'il lui trouve du travail.

Quelques jours plus tard, Clare baguenaudant par hasard chez Bergdorf Goodman, regardait les modèles de robes « faites sur commande », et s'arrêta sur une robe de soirée époustouflante. Son prix était indécent, la vendeuse, trop bavarde, lui confia que Mme Dorothy Hale venait tout juste de la commander. Clare était furieuse. Tout cet argent prêté pour son loyer jeté dans des tenues luxueuses ? Mais Dorothy était d'une inconséquence criminelle ! Quand celle-ci l'appela le lendemain pour l'inviter à sa prétendue fête de départ, Clare refusa l'invitation. Elle aurait voulu lui dire qu'elle était terriblement en colère, mais elle préféra lui battre froid et indiqua simplement qu'elle n'avait pas le temps. Dorothy lui demanda tout de même son avis, à propos de la robe qu'elle devrait porter. Clare retint sa hargne devant tant de futilité, mais lui conseilla d'enfiler celle de velours noir qui lui allait si bien. Après tout, si Dorothy partait quelque temps, elle cesserait de toute façon de lui emprunter de l'argent, inutile de provoquer une discussion houleuse qui les laisserait fâchées.

Et ce soir-là Dorothy se jeta par la fenêtre.

Clare pleurait en racontant cela à Frida. Elle ajouta que Bernie lui avait révélé fortuitement les détails de leur dernière entrevue, et son conseil donné à Dorothy d'acheter une tenue somptueuse pour trouver un mari, accompagné d'un don de mille dollars.

La fameuse robe de chez Bergdorf Goodman que Dorothy n'aurait *in fine* jamais l'occasion de revêtir.

Frida a narré toute l'histoire à Jacqueline en montrant son tableau. L'histoire d'une femme à qui l'on explique qu'elle n'est plus bonne qu'à faire un peu la pute pour trouver un mari séance tenante, une femme dont l'illumination et la perte se trouvaient enfermées dans ce si joli minois. Le tableau représente cette majesté verticale de la Hampshire House, il mange tout l'espace, même s'il est pris, voire noyé, dans des filaments de brume inquiétants, qui effacent tout possible horizon urbain. Au troisième plan on aperçoit un minuscule corps qui tombe d'une fenêtre un peu plus grande que les autres, une tache à forme humaine, la tête encore vers le haut ; au deuxième plan, emberlificoté dans les nuages, le corps d'une femme devient visible, tête en bas cette fois-ci, en pleine chute, mais le visage impassible, un merveilleux visage.

Au premier plan comme sur une scène de théâtre, Dorothy Hale gît au sol, presque dans les bras du spectateur, elle a perdu ses chaussures, un pied dépasse du cadre, comme si elle allait encore chuter mais, cette fois, du tableau, comme s'il nous revenait de caresser ce pied nu pour le réchauffer. Son visage est *intact*, une madone de cinéma qui vous regarde dans les yeux, une coupable perfection seulement corrompue par un filet de sang qui coule de l'oreille droite vers la bouche. Elle porte une robe noire. Et, épinglées sur le corsage, s'étalent, somptueuses et encore vivaces, les roses jaunes du bouquet.

Le sang déborde sur le montant du cadre. Le sang des femmes, *belle, alors tais-toi*, aliénées par le désir trop impérieux qu'elles suscitent.
— Je n'ai jamais rien vu de pareil en peinture, Frida.
— J'ai peint un triste portrait, Jacqueline, le portrait de Dorothy Hale.
Breton appelle les deux femmes, pour qu'elles cessent de faire bande à part, irrité par cet aparté qui le laisse à la porte, comme tout ce qui échappe à son contrôle. Les hommes, une dizaine, serrés dans le deux pièces des Breton, sont en train de jouer au cadavre exquis au milieu de cendriers pleins et de bouteilles de bordeaux, quand André décide de commencer un autre jeu : celui de la vérité. Il s'agit de répondre à des questions indiscrètes et de recevoir un gage si on ne s'exécute pas. Frida est d'accord pour se prêter au défi. Paul Éluard lui demande quel est son âge. Frida Kahlo répond très simplement qu'ils ne sauront jamais la réponse à cette question. Un gage, un gage !
— Très bien, annonce Breton à Frida, tu dois faire l'amour à la chaise sur laquelle tu es assise.

Frida ne dit rien. Elle pose sa cigarette, et très lentement relève ses jupes, laissant juste apparaître des pieds déchaussés, de petits petons fins aux ongles rouges qui se mettent à caresser les barreaux de la chaise, simiesque femelle, vénéneuse. Un silence assourdissant se fait dans la pièce, progressivement la Mexicaine entre en transe, enjôlante de mines chaudes, ondulant contre les accoudoirs, cherchant les formes pour s'y couler, se balançant et se renversant dans une chorégraphie de désirs pressés, la tension monte en même temps que les cris de Kahlo, de plus en plus forts, de plus en plus précis, la gracieuse femme agile se contorsionne dans un impressionnant corps à corps avec un objet inanimé. Jusqu'au sommet.

Beau comme la rencontre fortuite sur une table de dissection d'une machine à coudre et d'un parapluie, pourrait s'extasier cette grande gueule de Breton.

Ces messieurs surréalistes sont muets.

– Une autre question ? demande Frida la nuque trempée de sueur.

Jaune tournesol

Soleils en boutonnière

Le seul Parisien qui trouve grâce aux yeux de Frida, c'est Marcel Duchamp. L'homme le plus fin et le plus subtil qu'elle ait croisé depuis qu'elle a mis les pieds dans *l'Abominable Paris*, comme elle a rebaptisé la ville. Son intelligence magnétique est aussi naturelle et enivrante que sa simplicité. Avec ses yeux gris d'une autre rive, sa bouche fine au fugitif rictus amusé, Marcel est un matador caché derrière ses apparentes pudeur et discrétion, un humour terrifiant et un sens diabolique de la liberté complètent le tableau de cet homme tout en angles et fulgurances. Marcel lui trouve un hôtel pour qu'elle puisse partir de chez les Breton – le Regina, place des Vosges, Marcel déniche une galerie, Marcel décoince les tableaux à la douane, et conduit son invitée dans une tournée des lieux piquants de la capitale française. Duchamp est un magicien *avec des ailes de paille.* Elle avait entendu parler de lui à New York où il a vécu, par Julien Levy notamment et par Nick. Il a laissé là-bas une légende de roi et une foule de cœurs brisés.

Marcel l'emmène dans un appartement caché rue du Pélican, près des Halles, dans une sorte de gentil bordel débraillé, où se languissent avec panache de galantes jeunes femmes et jeunes hommes biquets, en compagnie de peintres et de musiciens venus s'encanailler et boire des alcools trop verts pour être vendus autrement que sous le manteau. Frida adore l'endroit, les murs sont couverts de dessins, des hommes jouent du violon dans un renfoncement en baldaquin, elle leur demande des airs espagnols contre quelques pièces, comme elle aime tant le faire sur la place Garibaldi, le rendez-vous des mariachis, à Mexico. Il y a aussi un singe qui se faufile sous les meubles, il lui rappelle son Fulang Chang laissé à la maison bleue.

— Sais-tu, Frida, d'où vient le nom de la rue, Pélican ? demande Marcel, un sourire énigmatique au coin des lèvres.

— Y aurait-il une volière exotique à proximité ?

– On pourrait presque dire ça. En fait, c'est une déformation polie de l'ancien nom de la rue : Poil-au-con, car, ici, c'est le coin des prostituées depuis le Moyen Âge. Tu as remarqué que les numéros sont peints en rouge sur les façades d'immeubles ?
Frida acquiesce en riant.
– J'ai une amie qui m'a raconté que les femmes se mariaient en rouge au Moyen Âge.
– Est-ce que tu penses que les couleurs entraînent les conventions Frida, ou l'inverse ?
– Je ne suis pas sûre de te suivre. Je pense, en vérité, que les couleurs échappent aux conventions.
– Picasso m'a dit un jour : « Quand je n'ai pas de bleu, je mets du rouge. »
– Et toi, Marcel, où en sont tes couleurs ?
– Moi, Frida, j'ai arrêté de peindre il y a longtemps. Je préfère les échecs.
Elle découvre Le Bœuf sur le toit qui devient son bastringue préféré, elle y passe la plupart de ses soirées à envier les danseurs, et à écluser des coupettes de champagne dans les recoins. Tellement français. Garland Wilson, un musicien noir de génie, y tient le piano tous les soirs, Frida s'assoit à ses côtés, et passe la nuit à regarder ses mains frapper les touches à toute allure en lui commandant des chansons. Garland se prend d'affection pour cette petite patronne forte en

gouaille qui ne piaille pas un mot de français, qui boit dru et s'époumone en paroles improvisées aux airs qu'il lui lance. Il est fasciné qu'on puisse autant aimer la danse, quand on ne peut pas danser. Et puis au Bœuf, aucun risque de croiser la bande des surréalistes, parce que c'est le bar de Cocteau, et qu'ils ne peuvent pas se sentir. Frida a tellement aimé le film *Le Sang d'un poète* qu'elle est ébahie de rencontrer son réalisateur. Marcel les a présentés, le poète doit avoir le même âge que Duchamp, la cinquantaine, mais avec cette fatigue paradoxale dans les traits, de l'éternelle jeunesse, celle qui mange les iris par les vapeurs de mondes invisibles. Les deux hommes pourraient être frères, l'un et l'autre aussi dégingandés. Jean Cocteau a regardé Kahlo de haut en bas et déclaré – Mais c'est toi que j'aurais dû mettre dans mon film, tu aurais été parfaite dans le décor de l'autre côté du miroir !

L'exposition commence à prendre chair, la date est arrêtée, les invitations envoyées, mais Breton a décidé que ce serait une exposition sur le Mexique, et non sur les seules œuvres de Frida Kahlo. *Hijo de puta.* Elle le trouve gonflé. Si elle avait su, elle ne se serait pas traînée jusqu'en France, mais serait partie retrouver son mari. Cela fait des mois maintenant qu'elle ne l'a pas vu. André veut aussi exposer des statuettes précolombiennes prêtées par Diego et des tas de bazars que Breton a achetés sur les marchés quand il était à Mexico – il a même fauché des ex-voto dans les églises, parce qu'il les trouvait *surréalistes*. Et c'est au milieu de ce capharnaüm qu'il veut accrocher les tableaux de Frida. Elle est furieuse. Elle a l'impression de faire partie d'une foire, ou d'un zoo. Un petit fourre-tout mexicain pour faire vibrer la fibre exotique du bon peuple parisien. Pour finir de l'ulcérer, l'associé de la galerie trouve les tableaux de Frida effrayants et voudrait n'en exposer qu'un ou deux. Et ça, il en est hors de question. Qu'est-ce que cette convenance et cette tiédeur ? Paris n'est-elle pas la capitale de la révolution de l'art moderne, *dixit* Diego, l'épicentre mondial de l'avant-garde ? Est-ce qu'ils auraient osé avec un peintre homme ? Elles en discutent, consternées, avec Jacqueline et Dora Maar, la compagne de Picasso. Dora est peintre elle aussi, et photographe, et poète ! Et très belle. Comme dans un rêve. Des lèvres de crème rouge, pense Frida et des sourcils ailés comme les siens, mais des ailes de libellule. Et pourtant, aux yeux de tout ce petit milieu, Dora n'est jamais rien d'autre que la femme de Pablo, sa muse et son modèle, pense Frida qui ne parvient pas à faire entendre à Breton qu'elle ne signera pas son expo sous le patronyme de *Frida Rivera*. Elle se dit qu'avec leurs oukazes, leurs codes et leurs mises à l'index, les surréalistes se prennent pour des Césars.

Elle désire rentrer, elle n'a plus le goût d'attendre cet absurde vernissage, elle étouffe. Elle s'en ouvre à Diego, par télégrammes furieux, qui use en retour de tous les arguments possibles pour la convaincre de rester. Cette exposition est une consécration. Frida devient une peintre reconnue à part entière, elle doit bâtir sur cette reconnaissance et puis profiter d'être à Paris. Paris, c'est le centre du monde, nom de Dieu ! Et, après, Londres l'attend !

Tu parles, elle s'en fiche complètement. Elle ne ressent plus cette griserie qui l'avait envahie si fort à New York, entourée de succès, de flatteries et d'amants. Une drogue épuisée. Frida aurait aimé que Diego lui dise – Oui, viens, mon amour, rentre sur-le-champ, je n'en peux plus que tu sois loin de moi, je dépéris. Elle a l'intuition morbide que son mari s'accommode de son absence. Nick aussi est distant dans ses lettres. Moins passionné à l'écrit qu'à New York, quand elle était allongée en sous-vêtements sur son sofa bleu. Alors, en lui écrivant, elle asperge ses courriers du parfum Shocking, de Schiaparelli. *¿Y porqué no?*

Les balades nocturnes verlainiennes et les fêtes iconoclastes ne calfeutrent qu'en surface le vide qu'elle ressent – et combien de fêtes peut-on faire dans une vie avant d'atteindre l'amertume ? Quelque chose pue au royaume de la Ville lumière, dans cette grandeur ratatinée qui n'aurait pas la place d'offrir un pan de mur pour une fresque de Rivera, tant les habitants se serrent dans de petites boîtes qui sentent l'ail, et longent des rues desquelles le ciel est banni. Les artistes qui l'entourent sont écrasés d'une histoire trop riche, comme leurs plats en sauce, dont ils s'étranglent. Une secte de grands enfants cyniques, saturés des génies qui les ont précédés.

Jaune des blés

Couleur des pailles et odeur de la terre

Frida regarde deux poupées qu'elle a trouvées au marché de Saint-Ouen, une brune et une blonde, comme elle et Jacqueline. Elles étaient laissées à l'abandon sur un étal, avec leurs robes salies, et leurs visages en porcelaine couverts de poussière. Elle les a baignées, a raccommodé leurs vêtements. Elle voulait en offrir une à Jacqueline, mais elle ne se résout pas à séparer la paire, c'est plus fort qu'elle, elle les empaquette ensemble avec douceur, elle fait ses malles enfin, enfin elle va foutre le camp.

Elle a annulé l'expo de Londres, sans regret, qui devait se dérouler dans la galerie de Peggy Guggenheim. Mais ici, tout sent la guerre, des réfugiés espagnols arrivent en masse depuis que la France et l'Angleterre ont reconnu le régime de Franco le mois dernier, c'est une misère, des familles entières en guenilles, parquées dans des camps de transit. Frida joue l'ambassadrice pour que le Mexique recueille ces exilés.

Son vernissage a eu lieu hier à la galerie Renou & Colle, la galerie de Salvador Dalí. Enfin soyons précis : la première de l'exposition *Mexique*. Finalement, après d'âpres négociations, dix-sept de ses tableaux ont été présentés. Kandinsky et Joan Miró étaient là, ils l'ont serrée dans leurs bras, comme une de leurs pairs. Dora Maar et Jacqueline trouvent qu'elle a fait sensation avec sa peinture explosive. L'État français s'est porté acquéreur d'un de ses tableaux pour mille francs. L'État ! Pablo Picasso lui a offert des boucles d'oreilles, représentant deux petites mains, qu'il a fabriquées, l'a embrassée et puis il lui a dit tout haut, avec beaucoup de gravité

— Ni Derain, ni moi, ni Diego Rivera ne serions jamais capables de peindre un visage comme ceux que tu peins, Frida Kahlo.

Mais Frida n'a qu'à peine joui de la fête, comme un mauvais alcool qui étire une joie déjà fanée. Elle a passé plusieurs semaines à l'Hôpital américain, pleine de douleurs et de nausées. Usée par ce corps qui n'oublie jamais trop longtemps de la tourmenter. Elle se sent enfermée en elle-même, en suffocation, rien ne sonne juste. Prisonnière dans un espace délétère. Elle regarde ce barouf autour d'elle, une farce. Diego n'a pas répondu à ces dernières lettres, elle a reçu un mot de Lucienne qui l'a prévenue que Nick Muray, son Nick, allait se marier. Quoi, encore ? Il s'est déjà marié trois fois. Et avec qui ? Et elle alors, sa déesse Xochitl ? Frida a tenté de l'appeler au téléphone, il n'a jamais répondu. Et Frida se regardait dans le miroir appeler désespérément un homme déjà parti. Amour de substitution, amour truqué pour palier le véritable naufrage. C'est dur de tomber quand on a été reine.

Nick l'avait prévenue à New York juste avant son départ – Le problème, Frida, c'est qu'avec toi, on est toujours trois. Et que, sur les trois, seuls toi et Diego existez.

Elle se sent vieille. Ces derniers jours, elle avait de plus en plus de mal à marcher jusqu'au Louvre, où elle a pris l'habitude de se rendre quotidiennement pour regarder les tableaux. Marcel Duchamp, en la voyant peiner, lui a suggéré de s'aider d'une canne. – Après ma mort peut-être, *mi amor*, je marcherai avec une canne, lui a-t-elle répondu.

Elle continue chaque jour de se coiffer avec ses rubans et ses peignes gracieux, elle vole des fleurs fraîches dans les jarres des halls d'hôtel pour les ficher dans son bazar capillaire, elle change de colliers chaque jour, ces bijoux qui lui ont tous été offerts par Rivera. Mais elle a l'impression d'habiller avec cérémonie un squelette. Elle n'est plus vraiment là. Elle a mal, mal dans tout le corps, mal dans toute la tête. Elle a peur. Une angoisse insondable qui la tient au ventre du *breakfast* jusqu'à l'ombre du jour, et qui pose un linge macabre sur les lumières et les couleurs. Elle ne pense qu'à la fuite – ou à la fin. Depuis le tableau de Dorothy Hale, elle n'a plus peint.

Pas une goutte. Pas une larme.

Demain, elle prend le train à Saint-Lazare pour aller jusqu'au Havre où l'attend le paquebot *Normandie* qui la ramènera à New York. Puis à Mexico.

Et enfin à Coyoacán, *ce havre d'ennui qui devient si beau quand on est loin.*

Au Louvre, le tableau qu'elle préfère est le *Saint François d'Assise* de Giotto. L'absence d'ombre et de perspective lui rappelle les *retablos* qu'elle chérit. Et ses propres tableaux. Giotto, dont Diego lui a tant parlé, lui qui était tombé amoureux fou des fresques du peintre florentin lors de son voyage en Italie. Quand Diego avait trente ans et qu'elle ne le connaissait pas.

Lorsque Frida a conquis Diego, il avait passé la quarantaine. Et cette pensée la déchire. En attendant les dernières heures avant de foutre le camp d'ici, cette pensée la terrasse. Il s'était déjà marié deux fois avant elle, il avait parcouru toute l'Europe et la Russie. Il a vu le cubisme débarquer à Paris, Picasso crevait alors la faim, paraît-il, le poète Apollinaire était en vie et toujours un joyeux luron. Il a eu plusieurs enfants, certains reconnus, d'autres ignorés. Combien d'enfants ? Combien de vies, Diego ? C'est trop de vie. C'est insupportable. Elle aurait aimé connaître Diego dès sa naissance, exister partout en lui. Être sa sœur jumelle. Coloniser ses souvenirs. Comment a-t-il pu vivre sans elle ? Et respirer ?

Frida Kahlo est restée maintes fois assise seule à le contempler, François d'Assise. Il paraît qu'il fut fort dissipé avant sa conversion, et fort malade.

Le visage du saint homme au moment de recevoir les stigmates devient pour Frida celui d'un absolu frère en humanité.

Jaune jasmin d'hiver

Tocade de fleur solitaire

– Mais si, regarde ce que tu as accompli, Fisita. Je les ai lus, les articles de New York. Tu es la *gran pintora mas pintor* et « un peintre aussi considérable que mystérieux ».
– Le Time Magazine parlait de « la petite Frida au regard noir », comme si j'étais une enfant ? Pire, une épouse.
– Non, ils n'ont pas l'habitude que les femmes peignent des toiles qui vous prennent à la gorge. Et Vogue ! La photo de tes mains pleines de bagues dans Vogue !
– Et le New York Times qui écrit que mes sujets sont plus obstétriques qu'esthétiques.
– À ta place, je prendrais cela pour un compliment.
– Arrête, Diego.

– Quoi ? Tu sais que Picasso m'a écrit pour me dire son admiration pour toi ?
– Tu me l'as déjà dit.
– Pourquoi n'es-tu pas restée plus longtemps à New York, après ton séjour à Paris ? Julien Levy a plein de projets pour toi.
– Clare Luce, la rédactrice de *Vanity Fair*, s'est évanouie quand elle a reçu le tableau que j'ai fait du suicide de Dorothy Hale. Elle me déteste. Elle pense que je suis folle. Qu'est-ce qu'elle voulait ? Que je peigne un délicat dessin de la jolie frimousse de Dorothy ? Isamu Noguchi m'a raconté qu'elle voulait détruire mon tableau avec un couteau, c'est lui qui l'en a empêchée.
– Ne me parle pas de Noguchi, Frida.
– Si tu es jaloux, pourquoi as-tu l'air déçu que je ne sois pas restée plus longtemps aux États-Unis ?
– Tu es en train d'asseoir ta renommée, ton talent s'affermit, et au moment où les gens commencent à s'intéresser à Frida Kahlo, à comprendre que tu es un des artistes les plus importants de l'époque, toi tu rentres te cacher à Coyoacán, avec tes poupées et tes animaux et tes superstitions au lieu de te jeter dans l'arène, de te battre et de prendre de l'ampleur.
– Qu'est-ce que tu veux ? Je ne suis pas toi, Diego, j'ai essayé, mais je ne suis pas toi. Je n'ai pas envie d'être célèbre. Je me fous de l'arène, je

me fous de ces pince-fesses de bourgeois, je ne suis pas en train de forger une carrière. Moi, je ne me bats pas, Diego ? Je passe la moitié de ma vie à l'hôpital à me faire charcuter comme si j'étais un bout de viande sur l'étal d'un boucher ! Je ne suis pas malade, je suis brisée ! À Paris, j'ai cru que j'allais mourir. J'ai mal partout, j'ai mal tout le temps. Je ne parviens pas à imaginer ce que c'est que de ne pas ressentir de douleurs dans le dos, dans les mains, dans les jambes, dans le ventre. Je n'ai pas des pieds, j'ai des sabots, on m'a déjà enlevé des orteils, je boite ; dans les cabarets, je ne peux plus que regarder les autres danser. Je ne compte même plus mes fausses couches. Quatre, cinq ou six ? Et tu me dis que je ne me bats pas ? Je vis avec toi depuis dix ans, et tu oses dire que je ne me bats pas !

– Eh bien, *mi amor*, tu vas pouvoir te reposer à présent.

– Pourquoi ?

– Je veux divorcer.

Jaune coucou

Couleur folie

Frida Kahlo s'est assise, elle a allumé une cigarette. Une Lucky Strike. Sa marque préférée qu'elle a rapportée de New York, car ici elles sont trop rares et très chères. C'est la troisième qu'elle fume d'affilée dans un silence épais. Diego n'a pas bougé. Il attend probablement une réaction de sa part, un mot. Elle ne dit rien. Elle ne peut plus rien dire. Elle fixe le mur en fumant, un mur de cuisine peint en bleu et sur lequel elle a accroché une myriade de minuscules pots en argile, ajustés pour qu'ils forment leurs deux prénoms : *Diego et Frida*. Dans cette cuisine, il y a le perroquet Bonito à qui Frida fait boire de la tequila en lui apprenant les pires jurons espagnols, il y a une grande table recouverte de fleurs que Frida change tous les jours, il y a les singes

Fulang Chang et Caimito de Guayabal qui vont voler la nourriture dans les réserves quand ils ne sont pas pendus à son cou comme des amants possessifs ou des nouveau-nés, il y a les fruits qu'elle achète au marché et qu'elle dispose dans des paniers tressés qui se transforment en corne d'abondance digne des tableaux de la Renaissance. La cuisine est la pièce préférée de Frida. Elle dit que les salons c'est bon pour les Européens très snobs et c'est ici, dans la cuisine aux tomettes jaunies, qu'elle aime recevoir, tout en cuisinant avec beaucoup d'ardeur mais sans cérémonie, au milieu des citrons verts, des avocats et des herbes saintes ; la cérémonie c'est elle-même, ce sont ses robes et ses bijoux, ses dents en or, ses chants et ses fautes de prononciation, ses idées excentriques et ses manières de séductrice dépravée, sa tendresse sans limites pour chacun, chacune, et chaque objet.

– Jamais, Diego.

Enfin elle a parlé. Elle a dit quelque chose. Comme un réflexe, sans réfléchir. Parce qu'elle ne peut pas comprendre ce qu'il lui demande, elle ne veut pas même essayer.

– Ça ne changera rien, Frida. On se verra tout le temps, on continuera d'aller aux spectacles ensemble, de se montrer nos tableaux, de discuter, mais sans se faire de mal.

— C'est toi qui me fais du mal.
— Bien. Tu seras protégée.
— Je préfère tout supporter plutôt que *ça*, Diego.
— *Ça* quoi ?
— Ne plus t'avoir.
— Précisément. Et c'est insupportable.

Les yeux de Frida pleurent sans discontinuer. Il n'y a pas de gémissements, pas de sanglots. Juste cette averse de larmes muettes, exactement comme elle les figure sur ses tableaux. Diego s'agace de cette intarissable peine qui se retient de faire du bruit.
— Tu es triste, Frida ? Je sais. Tu as passé ta vie à être triste. Je t'ai menti ? Non, je ne t'ai pas menti. Tu savais qui j'étais quand tu t'es plantée devant mon échafaudage avec ta robe de fillette. Et sais-tu ? J'ai remarqué que plus tu souffrais et mieux tu peignais. Je te rends service.
— Tu es un monstre.
— Ah le monstre, je l'ai entendu celui-là, *el Monstruo* ! De Lupe, d'Angelina et combien d'autres encore ! Tu veux que j'en sois un ? Écoute bien ça : j'ai préféré baiser ta sœur que te baiser, toi. Ça te fait mal ? C'est bon d'avoir mal ? Tu te sens vivante ? Tu en veux encore ?

Excédé, Diego se saisit d'un très joli cadre ouvragé dans lequel Frida a exposé un bout de papier sur lequel il a écrit, il y a très longtemps, *je t'aime*. Ils venaient de se rencontrer, ils avaient passé la nuit ensemble, elle lui avait raconté son accident, et le lendemain il était parti travailler, elle dormait encore, Diego avait regardé cette sauvageonne estropiée qui était entrée dans sa peau en deux claquements de doigts, alors il avait écrit, sur un petit papier qui traînait, cela, comme ça, *je t'aime*.

Ça voulait dire : toi. Rien que toi. Pour toujours, *toi*.

Il brise le cadre avec son poing. Le papier tombe, il s'en saisit et le porte à une bougie qui se consume sur la table, la flamme lèche le bord en une seconde suspendue, et, d'un coup, le dévore. Devant ses yeux. Son vestige chéri. Sa relique. Basta. Frida a gardé ce morceau de papier pendant dix ans.

– Et ça, tu ne le recolleras pas, *mi hija*.

Insoutenable. Frida se fend, Frida se blinde, se mure, fait ruisseler les mots sur elle. C'est comme si elle respirait les sons plutôt qu'elle ne les recevait. Elle les incorpore par le nez et les désarme. Ce papier était magique. Elle ne veut pas vivre sans ce papier. Elle a envie de mourir. Il faut qu'elle respire, qu'elle se calme, qu'elle continue le duel. Elle ne veut pas lâcher. Tous les fantômes gris envahissent ses membres, elle pèse huit tonnes, elle a deux cents ans. Elle connaît trop

bien ce Diego-là, celui qui s'amuse à faire des autodafés. Celui pour qui la transgression est un jeu. Le cœur de l'autre, un trottoir.
— Je ne comprends pas, Diego. Qu'est-ce qu'il te faut de plus ? Tu fais déjà tout ce que tu veux. Tu baises toutes les femmes que tu croises, tu découches quand cela te chante, je ne t'ai jamais empêché de rien, Diego. Je m'occupe de tes affaires, je range tes papiers, je décore ta maison, je te lave, je te nourris, je te chante des chansons, je t'ai suivi partout ! Qu'est-ce qu'il te manque ? Personne ne peut t'aimer comme moi je le fais.

Frida supplie. Elle croit encore pouvoir changer l'issue.
— Je veux être libre.
— Mais tu es déjà libre !

Elle hurle maintenant, enfin, exaspérée. Révoltée.
— Non, je ne serai jamais libre tant que tu es devant mes yeux, Frida, assène Diego, très calme.

Jaune des œillets

Souffle rosé et orange, si vif

Elle tourne à une bouteille de cognac par jour. Ou deux.
Elle a trente-trois ans, l'âge où Dorothy Hale s'est défenestrée. Cette chute de seize étages, elle y pense souvent, elle y pense quand elle fait tomber sa chevelure, tomber l'alcool dans son sang, tomber la peinture sur son pinceau. Elle s'est coupé les cheveux, encore une fois. Mèche à mèche, avec des ciseaux grossiers, sans jamais se regarder dans un miroir.
Pourquoi Frida se tond-elle quand elle perd Diego ? Un réflexe. Une automutilation. Déplacer la douleur. Reprendre le contrôle pour ne pas sombrer. Cette chevelure aimée, soignée, décorée, lui devient insupportable. Comme si ses tresses étaient autant de laisses, qui la tiennent

captive de Diego. Comme si, en s'abîmant le portrait, c'est lui qu'elle punissait.

Elle débloque un peu, elle parle toute seule, elle discute avec ses animaux, bavarde avec les arbres du patio de la maison bleue et avec les enfants qu'elle n'a pas eus. Elle fait installer un immense Judas en forme de squelette sur le toit de son lit à baldaquin. Sa compagnie vaut bien celle de n'importe quel amant, pense-t-elle, même très dégourdi.

Quand Frida reçoit les papiers administratifs du divorce, elle boit le thé dans son atelier de la maison bleue en compagnie d'un de ses amis, venu lui rendre visite et contempler le tableau qu'elle est en train d'achever. C'est un très grand format à l'aune des dimensions humbles qui caractérisent ses toiles, qu'elle peint sans relâche depuis trois mois. Deux Frida assises sur un même banc se tiennent par la main. Serrer sa propre main, est-ce que c'est ça la solitude absolue, Seigneur ? La Frida de droite porte une tenue traditionnelle mexicaine, jupon vert olive et chemise d'Oaxaca bleu lavande et jaune. Elle tient dans sa main un médaillon qui renferme une photographie en noir et blanc de Diego enfant. Son cœur anatomique est sorti de sa poitrine et semble être accroché à même son corsage, encore palpitant. Sa peau est légèrement plus mate et l'ombre d'une moustache plus accentuée que sur le visage de la Frida de gauche, à la peau plus claire, l'air plus *espagnol*, vêtue d'une robe de mariage traditionnelle. Sa poitrine ouverte offre le spectacle d'un vide sanguinolent d'où le cœur a été arraché. Les veines, devenues autonomes, raccrochent par la voie des airs le trou pantelant du cœur exorbité mais haletant de la Frida en tenue d'Indienne et vont irriguer de leur sang frais le petit portrait de Diego enfant. La Frida en mariée blanche, elle, tient une paire de ciseaux médicaux qui tentent de juguler une artère rompue dont le sang égoutté sur le tissu de la robe a formé une constellation de tachelettes qui se confondent avec de minuscules motifs de cerises rouges.

Deux Frida, un seul cœur.

Fabriquer son propre double, quand Frida ne peut plus être le double de Diego.

Las dos Fridas sont assises, aussi raides et hiératiques que si elles étaient figées sur des trônes. Elles regardent dans la même direction, qui semble pour le spectateur être exactement le point convergent de son propre regard, insinuant un vague malaise comme si ces jumelles inquiétantes appelaient à l'aide, muettes, avec l'intensité troublante de leurs yeux tristes. Dans leur dos, nul horizon, mais un ciel d'orage bleu nuit repose sur leurs épaules comme un étouffant manteau.

L'ami venu en visite, MacKinley Helm, historien de l'art américain, souffle que le tableau est proprement époustouflant.

— Diego m'a dit que notre séparation me serait bénéfique, car je peins mieux quand je souffre. Il faut croire que tu es de son avis. L'humeur de Frida est tellement sombre que l'on pourrait littéralement recueillir d'elle une mélasse de bile noire et en badigeonner les murs. MacKinley regarde la liasse de documents reçue par porteur que Frida a sortie de l'enveloppe et qu'elle a lancée sur une table. Le voyant jeter un œil subreptice à la pile de papier, Frida lance, rageuse

— Je te présente mon divorce.

— Diego raconte à tout le monde que vous l'avez décidé d'un commun accord.

— Une belle fable comme le Crapaud en chef sait si bien en trousser ! Regarde, cette Frida-là, mexicaine, c'est celle que Diego a aimée. L'autre, en robe blanche, c'est celle que Diego n'aime plus. Tu vois, mon beau critique d'Art avec un A majuscule, que l'Art est simple, non ?

— Frida, tu ne peux pas te définir uniquement à l'aune de Diego Rivera. Ton tableau est un chef-d'œuvre.

– Tu t'emballes, *dear*. On vient de m'informer que je suis refusée pour la bourse Guggenheim. J'avais même une lettre de recommandation de Marcel Duchamp. J'aurais tout autant pu avoir une lettre du pape, je ne suis pas assez bien et je n'ai plus un sou en poche.
– C'est parce que tu es une femme, Frida. Et tu ne sais pas te vendre.
– Sais-tu que Diego a organisé une fête pour notre divorce ? Tu y étais peut-être ? Il a invité tout Mexico. Tout le monde a bien mangé et bien ri. Il s'amusait à raconter aux gens qu'il me quittait uniquement pour donner tort à son biographe. Très spirituel, non ? Oui, parce que Bertram Wolfe avait écrit que le grand Diego Rivera avait trouvé chez sa femme, je te le restitue en substance, hein, la compagne idéale dont il ne pourrait jamais se passer. Voilà. Et que nous finirions notre vie ensemble.
– Frida, Diego et toi, vous êtes devenus une sorte de mythe. Quand tu fais une apparition publique, à l'Opéra ou autre, tout le monde ne parle que de ça, parce que c'est toi le spectacle dans la salle. Toi, avec tes robes, tes bijoux, tes sourcils, tes dents ornées de diamants, ton aura. Les gens ne peuvent faire autrement que t'observer, te scruter, puis raconter dans les jours qui suivent qu'ils ont aperçu Frida Kahlo. Comme s'ils avaient vu une licorne. Et ne me

dis pas que tu n'as pas conscience d'être un personnage fantastique. Je ne te croirais pas. À qui appartiens-tu vraiment ? Regarde ce que tu fais seule chez toi, ce que tu peins, ce que tu es. Peu t'importe ce que Diego raconte, si ? Votre vérité, personne ne la connaît. Personne ne la connaîtra jamais.
— Notre vérité ? Laquelle ?
Frida ne dit plus rien, son regard s'attarde sur une reproduction d'un tableau de Duchamp, qu'elle a accrochée au mur de son atelier, à son retour de Paris. *Nu descendant un escalier*. Marcel, qui le lui a offert, lui a raconté qu'à l'époque on avait refusé de l'exposer, parce que le mot *Nu* figurait écrit sur la toile. — Comment peut-on avoir si peur d'un mot ? a-t-elle pensé. Ses yeux tombent maintenant sur un de ses propres tableaux, posé au sol, un autoportrait. Sa chevelure est piquée de papillons, son cou enserré par un collier d'épines, dont le pendentif est un colibri mort. Le colibri qui ne peut pas marcher et qu'on emploie, paraît-il, dans certaines recettes mexicaines très secrètes et magiques pour porter chance en amour.

Le divorce a été prononcé en novembre.
Novembre, c'est la fête des Morts au Mexique. *Día de Muertos.*

Quand la jeune Frida de dix-huit ans était partie chercher le peintre le plus distingué du Mexique en haut de son échafaudage au ministère de l'Éducation, pour lui demander de venir regarder ses tableaux, Diego Rivera était en train de peindre sur l'un des murs une représentation de cette fête. On y voit une foule compacte, un champ étourdissant de têtes qui vont et viennent en tout sens, les couvre-chefs mortuaires se mélangent aux chapeaux de femmes de bonne compagnie, aux casquettes des travailleurs et aux sombreros. La foule donne l'étrange sensation d'une joyeuse sarabande de têtes coupées. Des pantins en carton aux faces macabres jouent de la guitare sur une estrade. On fait griller des saucisses que l'on fourre dans des tortillas suantes de guacamole, pour les manger à la sauvette.

Frida chérit cette fête depuis qu'elle est petite fille, elle aime aller pique-niquer et veiller le soir au cimetière, nettoyer et embellir les tombes ; elle rend visite à sa mère tous les jours, elle lui apporte de la nourriture et des œillets, lui parle tout bas. À son père aussi, qui vient tout juste de mourir. Normalement, il faut attendre, c'est trop tôt, la mort est trop récente. Mais elle enfreint le règlement parce qu'elle ne veut pas vivre sans lui, même s'il n'a jamais été très bavard. Alors elle chantonne de vieilles comptines, assise sur sa tombe fraîche. Parfois elle s'allonge, et la terre lui parle. Elle arrange des crânes en sucre, des coupes remplies de copal aux parfums citronnés et des bougies votives ; elle dispose les repas des défunts dans la vaisselle traditionnelle en terre cuite et verse de l'eau dans de petits bols afin que les morts puissent se laver les mains avant de passer à table. Elle distribue des jouets sur les tombes des enfants de Coyoacán, elle habille sa maison de guirlandes de *papel picado* de toutes les couleurs, de bougies, et de *zempaxuchitles*, les *flores de muertos* aux teintes de jaune et d'orange qui dessinent avec leurs pétales des chemins pour inviter l'au-delà à saluer les vivants. Les gens se griment et se déguisent, on imagine des parures plus effrayantes que les loups cachés dans les placards de notre enfance.

Superposer des masques de morts sur nos masques de vivants. Ça a du sens, non ?

Frida est retournée voir ce mur plusieurs fois au cours des années, ses pas suivant naturellement les tracés de la carte géographique des pèlerinages intimes que l'on porte chacun en soi, l'endroit où elle a parlé à Diego pour la première fois, le carrefour où le tramway l'a emboutie à jamais, la rue où les réverbères se sont éteints en même temps que leur baiser. Mais aussi les lieux qui n'existent plus : la première fresque de Diego dans l'amphithéâtre Bolívar où Frida venait l'épier pendant des heures. Elle a été détruite.

Qu'est-ce que l'on respire dans ces lieux désertés de nos souvenirs ?

Elle a gardé une copie d'une lettre envoyée à Jacqueline Lamba du bateau qui la ramenait au Mexique. À l'instar de photos et de mèches de cheveux qu'elle coud dans les doublures de ses jupons et de ses châles *rebozos*, pour porter sur elle les reliques de ses amours chancelantes en toutes occasions, elle a cousu la fin de cette lettre dans son corsage : « Tu le *sais*, toi aussi, que tout ce que voient mes yeux et que mon moi touche, quelle que soit la distance qui nous sépare, c'est Diego. La caresse des toiles, la couleur de la couleur, les fils de fer, les nerfs, les crayons, les feuilles, la poussière, les cellules, la guerre et le soleil, tout ce qui se vit dans les minutes hors cadrans hors calendriers et hors regards vides, c'est *lui*. »

Diego, la couleur de la couleur.

Rien n'est noir, réellement rien

Neuf mois plus tard Diego Rivera demande à Frida Kahlo si elle serait d'accord pour l'épouser une seconde fois.
S'il te plaît, *Chicuita*.
S'il te plaît.
Elle est d'accord.

Son état de santé est inquiétant, elle se sait perdue de l'intérieur. Corps périmé. Diego travaille à San Francisco, il supplie Frida de la rejoindre pour s'y faire soigner, son docteur Leo l'attend. La question qu'elle refuse de se poser est – Pourquoi Diego a-t-il changé d'avis ? Si elle se la posait cette question, elle devrait envisager qu'il a pitié d'elle. Elle s'y refuse. Si elle se la posait, elle devrait envisager qu'il est fou.
Ce qu'elle ressent, c'est un soulagement. Comme si Diego avait rouvert une porte pour la sauver d'une pluie battante.

Frida préfère se coiffer comme une reine pour cacher la pourriture du corps, et se raconter des histoires. C'est l'histoire de Diego et Frida, qui ne pouvaient vivre l'un sans l'autre. Ils habitaient dans une maison bleue en pain d'épice, et malgré toutes les épines qu'ils s'enfonçaient dans le corps, ils couvraient leur jour d'un rose fameux, que l'on ne trouve qu'au Mexique, un rose vibrant à éveiller les Morts.

Ils se remarièrent le 8 décembre, jour de l'anniversaire de Diego,
Sans cérémonie.
À San Francisco où Diego peignait son nouveau *mural*,
Ils signèrent les papiers le matin.
L'après-midi Diego retourna travailler sur son chantier,
Guilleret.
Il ne put s'empêcher, hâbleur, de dégrafer sa chemise et soulever son maillot de corps, pour montrer, à ses assistants hilares, son gros ventre couvert des traces de baisers au rouge à lèvres de Frida, sa *toute nouvelle* épouse.

Quand ils rentrèrent à Coyoacán, Frida installa sur une étagère, dans la cuisine de la maison bleue, deux jolies petites horloges sur lesquelles le temps était figé.

Sur la première elle inscrivit la date de leur divorce : *1939, les heures sont brisées.*

Sur la seconde : *8 décembre 1940, à 11 heures, San Francisco, Californie.*

Dessiner le temps perdu.

IV

Mexico, 1954

Diego commencement Diego constructeur Diego mon enfant Diego mon fiancé Diego peintre Diego mon amant Diego « mon mari » Diego mon ami Diego ma mère Diego mon père Diego mon fils Diego = Moi = Diego l'Univers

Journal de Frida Kahlo

Noir d'Ivoire

Noir pur

Ma Frida. Tes yeux ouverts comme deux grandes portes battantes d'église. Vernissés et vermoulus. Deux billes noires en sorbet. Et tu n'aimais pas trop les églises, *mi amor*. On ne sait ce qu'est la froideur, avant d'avoir posé son regard sur des orbites mortes. Un au-delà sans conquête.

Diego pense, trop solennel, conscient de lui, déplacé – Je vois pour la dernière fois tes yeux, Kahlo, poison de ma vie.

Il ne sait comment se tenir, il se sent vieux, d'un coup, comme jamais. Comme jamais, dans un lit, il ne s'est senti vieux. Comme jamais, devant un mur à peindre, à coloniser, à éduquer, il ne s'est senti vieux. Il a toujours été souple, le crapaud-grenouille, même avec sa grosse bidoche de ventre. Il est un âne, agile et buté, bien membré. Il danse comme un oiseau plein de nuit. Il est l'homme de tes rêves, *niña guapa*.

Mais là, à l'instant, il ne trouve plus comment se sentir droit, il pense à sa colonne vertébrale, capricieuse, qui prend la tangente. Je voudrais me mettre au garde-à-vous, pense-t-il. Devant toi. Rien qu'une fois. Juste cette fois. Ton corps rabougri d'anorexique, ta peau trop sèche, tes rides naissantes aux commissures de ta bouche de sorcière. Tes cheveux blanchis camouflés. J'ai toujours su voir tes défauts comme le nez au milieu de la figure. C'est ce que j'ai vu en premier chez toi, Frida. Ce qui boitait.

Diego pense, il pense fort, il revoit la petite fille de rien ou de pas grand-chose, avec des jambes maigries prématurément, disgracieuses, un nez mal arrondi, des seins trop discrets, sans jus, sans promesse, une face un peu indienne. Et tout ce tableau bâclé de femme s'était, un matin d'août 1928, planté devant lui. Lui qui avait déjà tout vu, tout compris, tout senti, tout baisé. Diego Rivera.

Tu t'es plantée devant moi. Frida. Tu avais dans les os une telle colère.

Tu étais tellement belle.

Je n'ai pas compris de suite que c'était toi, l'Accident.

Il faut vérifier la mort. Parce que la femme dans ce lit d'hôpital est encore dans l'entre-deux-rives. Non, elle est déjà morte. Mais les vivants ont peur. On ne ferme pas facilement les yeux d'une déesse, comme les Érinyes, ses larmes vous poursuivent dans toutes les saisons du sommeil, il faut finir. C'est le mince pouvoir des hommes. Écrire le décès de ceux qu'ils ont aimés. L'infirmière, en robe de drap blanc très blanc et trop lavé, lui tend un scalpel. Diego déglutit. Il y va, parce qu'il faut y aller. Il se saisit du poignet gauche de Frida Kahlo, étonnamment flexible. Et doux. La mort est si récente.

Et avec le scalpel, d'un geste de peintre, il tranche la veine.

Ça devient rouge sans saigner. C'est juste rouge. Rouge comme le noir, quand le soleil est capricieux. Il le pose. Les orbites n'ont pas frémi. Quelque chose change en lui. Il soulève le poignet droit. Et recommence. Un trait, deux traits.

Elle est morte.

Qu'est-ce qui a changé, Diego ?

Tu as toujours été fatale, Frida.

Il s'est redressé.

Un grand peintre, au garde-à-toi.

La couleur de la couleur

Noir d'encre

Diego, ton D construit une porte-maison, qui me recouvre toute.
Je respire à l'intérieur du I qui tire vers le haut comme une cheminée.
Ton gros ventre de femme enceinte épouse la forme du G qui s'entortille autour de ma propre maigreur.
Je me noie dans ton O, ton affreux O trop vaste, monde infini d'homme supérieur, *Dios-Diego*, ton O je m'y baigne pour faire sécher mes cicatrices, pour les rendre plus blanches, plus visibles, pour te les montrer et que tu me plaignes, pour que le O se transforme en troisième œil, un œil d'ogre qui voit à travers mes vêtements et entre mes pensées.

Alors, avec le E, je monte à l'échelle, un, deux, trois, je saute, et je ne tombe pas.
Je vole, DIEGO.

À force de vouloir m'abriter en toi, j'ai perdu de vue que c'était toi, l'orage. Que c'est de toi que j'aurais dû vouloir m'abriter.
Mais qui a envie de vivre abrité des orages ?

Frida a demandé à Diego d'éteindre la lumière et de fermer la porte. Elle a regardé toutes les bagues à ses doigts.
Et l'espace vide où devrait se tenir sa jambe droite amputée.
Elle a ouvert son journal intime, elle a écrit : *J'espère que la sortie sera joyeuse – et j'espère ne jamais revenir – Frida*, et Frida a fermé les yeux, avec un grand calme.
Alors elle se lève du lit, elle a ses deux jambes solides, elle a une force de jeune fille, une force d'avant l'Accident, ses cheveux sont détachés, ils sont longs et noirs, elle est jeune comme le printemps, elle ouvre grand la fenêtre, l'air s'engouffre, une fenêtre avec vue, celle que chacun possède dans la tête, il fait bon en haut de la Hampshire House, elle regarde la ligne du ciel, et celles du soleil, mais le soleil n'a pas de lignes, non ? Elle prend la main de Dorothy

Hale ; à deux, elles respirent à pleins poumons et se lancent dans le vide en rigolant comme des gamines qui jouent à sauter dans une flaque.

Gris cendres

Diego se souvient de chaque détail de cette fête. C'était l'année dernière, au mois d'avril. La première exposition des tableaux de Frida Kahlo au Mexique. Chez elle, son Mexique. La première et la seule. C'est leur amie Lola Álvarez Bravo qui en a eu l'idée et qui proposa sa propre galerie d'art contemporain située dans le bouillonnant quartier de la Zona Rosa. Cela faisait treize ans qu'ils s'étaient remariés tous les deux, lui et Frida, et vingt-quatre qu'ils s'étaient mariés pour la première fois. Frida qui ne quittait plus son lit, perdue dans des échappées trop lointaines à présent. Quatorze opérations endurées ces quatorze dernières années, les mois d'hôpital, de râles, de corsets de torture, de médicaments stupéfiants et d'alcool, et le couperet de l'amputation de sa jambe que l'on ne pouvait plus éviter.

Perdre sa jambe, c'était comme la fin de son théâtre. La fin du spectacle. Frida perdait la raison. Elle disait à Diego – Tu n'as pas intérêt à me faire enterrer, je veux que tu fasses brûler ce corps maudit, je ne passerai pas une seconde de plus d'éternité en position allongée !

Diego, sur le seuil permanent de la souffrance de sa femme, pensait parfois en s'effondrant que s'il l'aimait vraiment il devrait la tuer, la délivrer.

Les délivrer.

Et Lola dit à Diego – Je crois qu'il faut honorer les gens quand ils sont encore vivants non ? Pas quand ils sont morts.

Et Lola eut cette idée lumineuse. Diego se demanda à cet instant pourquoi l'idée n'était pas venue de lui, pourquoi il n'a pas pensé plus tôt et tout seul à cela, faire la première exposition de Frida à Mexico.

Dans tout le gris qui dévorait ses jours sans plus de nuance, Frida avait retrouvé un lambeau de gaieté. Elle rédigea à la main chacune des invitations. Personne ne fut oublié. Tous les gens qu'elle avait connus dans sa vie de près ou de loin, de la marchande de fleurs de Coyoacán à son plus influent ami américain, furent invités avec les mêmes mots sur des cartons pleins de dessins et de couleurs. Comme une enfant exubérante qui convie ses camarades pour la *piñata* de son anniversaire.

La rumeur de l'événement prit une considérable ampleur, Lola recevait des appels de journalistes de tout le Mexique, mais aussi des États-Unis et même d'Europe. Le jour du vernissage, des centaines et centaines de personnes se massaient dès la fin de matinée autour de la galerie pour attendre l'ouverture des portes. C'était déjà à son image, incontrôlable.

Mais le verdict des médecins tomba sans appel, Frida Kahlo était bien trop mal en point. Elle reçut l'interdiction formelle de quitter son lit.

Diego se souvient de son sourire insolent et de ses yeux éclairés à nouveau par un feu inassouvi qu'il avait connu chez une toute jeune Frida de dix-huit ans quand elle lui dit – Voilà ce que l'on va faire, *mi amor*...

Diego se souvient de cette foule qui attendait rue Amberes le dernier souffle d'une reine, cette foule venue pour chanter et boire toute la nuit devant les tableaux de la Néfertiti mexicaine et qui s'impatientait avec ferveur quand soudain un cortège de voitures se fraya un chemin dans la cohue, et de l'arrière d'un camion de fortune une dizaine d'hommes se mirent avec respect à extraire, harnaché avec des rubans, l'immense lit à baldaquin plein de miroirs et de Judas, sur lequel reposait, immobile et somptueusement vêtue, la *pintora* Frida Kahlo.

La petite Frida, maigre à l'os, sans âge, bien trop maquillée pour couvrir sa face exténuée d'un masque forcé de couleurs, la petite Frida qui but beaucoup de tequila cette nuit-là pour faire refluer la douleur ; les visiteurs touchaient son lit, sa jupe, ses mains baguées comme on effleure une sainte aux pouvoirs thaumaturges, comme on vole un morceau d'invisible, Diego se souvient.

Sa sorcière Frida qui engageait sa dernière énergie pour être au sommet de sa performance, vibrante, exaltée, ravie comme une *niña* qui reçoit pour la première fois les compliments sincères des adultes, Frida qui réclamait plus de bruit encore, plus de jurons, de guitares, plus de foule, encore une cigarette, encore un verre, encore un verre ! Qui embrassait chaque joue, chaque bouche, pour laisser les dernières traces de rouge sur les affections d'une vie.

Un *goodbye cocktail* avant de se jeter dans le vide du seizième étage.

Avec amitié et amour / nés du cœur / j'ai le plaisir de vous inviter / à ma modeste exposition. / À huit heures du soir / – vu que, après tout, vous avez une montre – / je vous attendrai à la galerie de cette Lola Álvarez Bravo. / Elle se trouve douze rue Amberes / et ses portes ouvrent sur la rue / pour que vous ne vous perdiez pas / parce que c'est tout ce que je vais dire. / Tout ce que je veux c'est que vous me donniez / votre bonne et sincère opinion. / Vous êtes quelqu'un de cultivé / votre savoir est de première classe. / Ces peintures / je les ai peintes de mes propres mains / et elles attendent sur les murs / de donner du plaisir à mes frères. / Voilà, mon cher cuate, */ avec mon amitié sincère / je vous en remercie de tout mon cœur. / Frida Kahlo de Rivera*

Diego se souvient de sa princesse Frida flottant au milieu des ses tableaux pour la première fois, de tous ses tableaux comme autant de grotesques et sidérants reflets.

Diego se souvient de l'un d'eux en particulier qu'elle avait peint dans les années quarante, La Colonne brisée. Une vision terrible et très sensuelle. Une Frida tout en érotique pagaille de cheveux détachés, nue jusqu'à la taille, montrait, impudique, des seins si parfaits. Mais son torse, maintenu par un corset et planté de multiples clous, était ouvert en deux comme sur une planche anatomique et révélait avec horreur sa colonne vertébrale, figurée par une colonne antique démolie.

Lui, Diego, n'a jamais peint Frida nue, alors qu'il a peint la peau de tant d'autres femmes.

Diego prend conscience de cela maintenant qu'il est seul avec l'urne funéraire de Frida, qu'il a placée avec tendresse dans un berceau d'enfant. Ce même berceau qui était en permanence à côté du lit de son épouse, pour qu'elle y dépose sa poupée préférée avec un soin de mère. Elle berçait et couvait ses petites poupées. Combien en a-t-elle possédé ? Tellement. Quand elle était à l'hôpital, elle donnait des instructions à Diego pour qu'il prenne soin des poupées en son absence.

Et Diego le faisait. Le gros Diego bordait avec tendresse les jouets de Frida.

Il se souvient du soir de sa mort.

Il était resté toute la journée à côté de son lit. Le docteur lui répétait – Elle est très malade, Diego. – Je sais. – Oui, mais elle est *très* malade.

Le soir venu, Frida lui a offert une bague qu'elle avait achetée pour leur anniversaire de mariage.

– C'est dans trois semaines, Frida, ne me la donne pas maintenant, s'il te plaît.

– Si, c'est bien, ce soir.

Frida s'endormait, elle respirait calmement, alors Diego a effleuré ses lèvres du bout des

doigts, comme s'il dessinait le baiser et il s'est levé. En sortant de la chambre, il avait le dos tourné, il a entendu la petite voix murmurer – *Mi amor, mi único amor, mi gran amor, ahora apaga la luz y cierra la puerta.* Il ne s'est pas tourné. Il a éteint la lumière, il a fermé la porte.
Il est parti travailler à San Ángel.

Diego se souvient que lorsque Frida est entrée dans les flammes lors de la crémation, son corps s'est redressé d'un coup sous l'effet de la chaleur. Et les vivants, elle les regardait tous, assise bien droite dans son bûcher, une couronne de feu palpitante autour de sa chevelure.

Il s'aperçoit qu'il ne lui a jamais dit que son amour pour elle était la meilleure partie de sa vie et que, maintenant, c'est trop tard. Et il se souvient qu'elle, Frida Kahlo, disait souvent ce genre de phrases avec cet air inimitable de Frida Kahlo – La mort n'est qu'un processus pour exister *panzón, no* ? Ou encore – Nous mourons à chaque seconde, *mi hijo*, alors ça ne vaut pas le coup de quitter ce monde sans s'être un peu amusé, *si* ? Et surtout – Si on aime de fol amour, alors il faut le dire très très vite, parce qu'après on meurt, non ?
Et il voit les yeux de Frida.
Ce noir plein de lumière.

J'espère que la sortie était joyeuse.

Il sert deux verres de tequila Tapatío. Il les remplit à ras bord. C'est la préférée de Frida, produite avec de l'agave bleu. Il trinque en entrechoquant les verres, descend l'un des deux, l'alcool brûle son abyssal chagrin, il vide le second sur le sol, puis le pose tout doucement retourné sur la table.

— Ne t'inquiète pas, amour de ma vie, tu ne seras plus jamais allongée.

Diego ouvre l'urne, plonge une main pour se saisir d'une poignée de cendres. Il tient la poignée de cendres bien compacte, pour l'empêcher de s'envoler, il ferme les yeux, et l'avale.

Note

Les mots et phrases en italique, si ce n'est quelques coquetteries de l'auteur et termes en langues étrangères, sont tirés des écrits de Frida Kahlo ou de ceux de Diego Rivera.
À l'exception de :
Extraits de Walt Whitman, tirés de *Feuilles d'herbe* (traduction de J. Darras).
« Pour trouver du nouveau », emprunté au poème *Le Voyage*, de Charles Baudelaire.
« La maison comme un autre visage de celui qui l'habite », qui est une citation de Georges Gusdorf.
« Pâle étoile », piquée au poème *La musique*, de Charles Baudelaire.
« Le reste, c'est de la littérature », volé à "Et tout le reste est littérature" du très très grand, de l'unique, Paul Verlaine. *Amor de mi vida.*

Mes remerciements (intenses) pour leur relecture à Albéric de Gayardon, Virginie Hagelauer, Olivier Jacquemond, Claire de Vismes, Clémence Witt, Pierre Berest.

Merci aux correcteurs (métier essentiel) Patrick Mahuet et Olivier de Solminihac.

Merci (éternel) à David Simonetta pour son tableau – sur mesure – *Frida, kiss me hard* et à Hani Harbid pour la jaquette de mon livre.

Mes remerciements (tout particuliers) à Manuel Carcassonne, Alice d'Andigné, Debora Kahn-Sriber, Vanessa Retureau (et toutes les fées de Stock).

*Cet ouvrage a été composé
par PCA
et achevé d'imprimer en France
par CPI BRODARD & TAUPIN (72200 La Flèche)
pour le compte des Éditions Stock
21, rue du Montparnasse, 75006 Paris
en septembre 2019*

Stock s'engage pour
l'environnement en réduisant
l'empreinte carbone de ses livres
Celle de cet exemplaire est de :
1,1 kg éq. CO_2
Rendez-vous sur
www.editions-stock-durable.fr

PAPIER À BASE DE
FIBRES CERTIFIÉES

Imprimé en France

Dépôt légal : août 2019
N° d'édition : 04 - N° d'impression : 3035713
46-51-9594/5